Hermann Bahr

Die neuen Menschen

Hermann Bahr

Die neuen Menschen

ISBN/EAN: 9783743474789

Hergestellt in Europa, USA, Kanada, Australien, Japan

Cover: Foto ©Andreas Hilbeck / pixelio.de

Hermann Bahr

Die neuen Menschen

Die neuen Menschen.

Ein Schauspiel

von

Hermann Bahr.

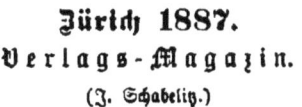

Zürich 1887.
Verlags-Magazin.
(J. Schabelitz.)

Personen:

Georg.

Anne.

Hedwig.

Zwischen dem ersten und zweiten Akt liegt ein Tag, zwischen dem zweiten und dritten anderthalb Jahre. Rechts und links sind immer vom Zuschauer aus verstanden.

Erſter Akt.

Zimmer bei Georg. Links vorn ein Stehpult mit einem Durch-
einander von Büchern, Zeitungen, Briefen, Papierſtößen bedeckt, davor
ein Reitſitz, daneben ein Papierkorb, an der linken Seitenwand mehrere
Landkarten übereinander gehängt, dann eine Thür, die zu Annes Schlafzimmer führt, in der linken Ecke des Hintergrunds ein mächtiger Kachel-
ofen. In der Wand des Hintergrunds, mitten, eine Thür, die ins
Vorzimmer führt, links und rechts davon bis an die Decke laufende
Bücherſtellen. In der rechten Ecke des Hintergrunds ein Winkelbrett
mit einer Lampe, einer Petroleumflaſche und anderen Hausgeräten,
davor ein kleiner, runder Tiſch mit einem Theeſervice. In der Thee-
maſchine flackert der Spiritus. In der Mitte der rechten Seitenwand
eine Thür, die zu Hedwigs Schlafzimmer führt. Rechts vorn ein ele-
ganter Schreibtiſch, geſchmackvoll arrangiert. Davor ein gemächlicher
Lehnſeſſel. An der Wand eine Pfeifenſtelle. In der Mitte des Zimmers ein großer Tiſch, von Lehnſtühlen und Seſſeln umgeben. Die
Stühle ſind in Unordnung verſchoben, auf dem Tiſch ſteht ein winziger
Chriſtbaum, mit allem möglichen Zierrat überladen, davor Hedwig,
ihn ausſchmückend.

Erſte Scene.

Hedwig,
allein, mit der Ausſchmückung des Baumes eifrig beſchäftigt.

Hedwig. Das heißt gearbeitet mit Windeseile und Bienen-
fleiß. Aber dafür iſt es auch gerathen. (Sie tritt einen Schritt zurück
und ſchlägt erfreut die Hände zuſammen.) Die werden Augen machen. Natürlich wieder keins eine Ahnung, welcher Tag heute iſt. Immer

ben Kopf in den Wolken, immer die Gedanken im Ewigen. Die
guten Menschen! Und darüber alles Irdischen vergessen. Unbe=
holfene Fremdlinge auf dieser Welt. (Sie lacht.) Daß so große
Politiker so kleine Kinder sein mögen! Es war höchste Zeit, daß
ihr euch eine kleine Mama anschaffet, für euch zu sorgen. Aber
ihr sollt auch zufrieden sein mit ihrem Eifer. (Sie ist auf einen
Schemel gestiegen und befestigt an der Spitze des Baumes ein Christkind.)

Zweite Scene.

Anne kommt raschen Schrittes durch die Thür im Hintergrunde.
Sie ist sehr einfach gekleidet, geflissentlich unmodern. Ihre Stimme
klingt kalt und müde. In ihrem Wesen ist alles Bestimmtheit. Sie
bleibt, von dem Anblick des Baumes überrascht, stehen. Hedwig
noch immer am Baume beschäftigt.

Anne. Guten Abend, Hedwig! — Was soll der Tand?

Hedwig (übermüthig). Eine Apfelsine, wenn deine Weisheit es
errät!

Anne. Ich knacke nicht die Rätsel fremden Unverstandes.

Hedwig. Dreimal zu verehrende Philosophin, Volkstribunin,
Menschenerlöserin und was weiß ich noch alles, wo hast du nur
wieder Augen und Sinn? Wo bist du denn? Wo warst du denn?

Anne (ist zum Theetisch, rechts, gegangen und schenkt sich eine Tasse ein). Im
Verein für Arbeitsvermitttlung. Bis jetzt. Muß schier alles alleine
thun. Alle so lässig, so verdrossen, keine Beharrlichkeit, kein Ernst.
Und dann drüben in der Druckerei, meinen Aufsatz abgeliefert.

Hedwig (noch immer am Baum, lächelnd). Und sahst nichts? Merk=
test nichts?

Anne. Sah das unendliche Elend, wie immer, in den Straßen
überall und keinen bereit, es zu lindern.

Hedwig. Und die unendliche Freude sahst du nicht!

Anne. Ich habe sie gesucht mein Leben lang und nicht einmal ihren Schein habe ich jemals gefunden. Da ist mir mit der Zeit das fruchtlose Suchen langweilig geworden.

Hedwig (hat ihre Arbeit am Baum vollendet, schreitet zu Anne und legt ihr schmeichelnd den Arm um die Hüfte; weich). Anne, Christnacht ist heute. Ich wußt es gleich, daß ihr wieder nichts merken würdet davon. Drum, kaum daß ihr nach dem Abendbrot fort wart, husch, husch, flog ich über die Straße, mir flugs noch ein Bäumchen zu erobern. Gar stolz ists ja gerade nicht geworden. Aber siehs nur an, wie ichs über und über in Flitter und Flimmer gekleidet, daß ihm schier das Gesicht lacht vor Lust. Ich dachte: wenn ihr so um die Welt sorgt, daß ihr darüber alles andere vergeßt, ei, dann muß einer von der Welt für euch sorgen, daß ihr nicht allein ohne Überraschung ausgeht an dem Tage, wo alles mit Glück überrascht wird; denn, Anne, Christnacht ist heute.

Anne (herbe). Christnacht? — Was soll das uns? — Laß den Mummenschanz den Unglücklichen, die glauben.

Hedwig (betroffen, während Anne an das Stehpult, im Vordergrund links, geht, den Reitsitz bei Seite schiebt und einen Briefbogen zum Schreiben hervorsucht). Anne, du bist hart.

Anne. Ich bin nur vernünftig.

Hedwig. Du raubst mir eine Freude!

Anne. Eine Freude, die nur Einbildung ist. Es muß dir Freude sein, dich solcher Freuden zu entwöhnen.

Hedwig. Sollen wir denn, weil wir nicht mehr glauben, nicht mehr fröhlich sein dürfen?

Anne. Über Humbug nicht.

Hedwig. Nicht mehr feiern dürfen, wenn wir wacker gearbeitet?

Anne. So lange in Not noch einer feiert, der arbeiten möchte, nicht.

Hedwig. Und ich hatte es mir so schön vorgestellt!

Anne. Schöne Vorstellungen bewähren sich nie. Das liegt in ihrem Begriff. (Sie hat einen Brief geschrieben, couvertirt, adressirt und verläßt nun das Schreibpult.) Bitte, räume das Zeug wieder weg. Es nimmt unnötig Platz. Man kann nicht arbeiten.

Hedwig (ist beim ersten Satz dieser Aufforderung erschreckt aufgefahren und stellt sich wie schützend vor den Baum). Nein, Anne, um Gotteswillen nicht. Nur eine Viertelstunde noch. Bitte, bitte! Nur bis Georg kommt.

Anne. Georg liebt solche Kindereien sowenig wie ich.

Hedwig (lebhaft). Da irrst du.

Anne (bestimmt). Du machst ihm nur unnötig Ärger.

Hedwig (rasch). Ich mache ihm Freude, ich wette.

Anne (ironisch). Wenn du ihm sein Haus mit christlichem Schmuck verzierst?

Hedwig. Wenn ich die Absicht ausdrücke, ihn zu erfreuen, wodurch es auch sei. Er fühlt das gleich, dessen kannst du gewiß sein.

Anne. Ich bin des Gegenteils gewiß.

Hedwig (zuversichtlich). Warte nur. Du wirst sehen, ich kenne ihn besser.

Anne (sie scharf ansehend). So, so. — Nun, wie du meinst. Ich will dich nicht hindern. Du magst zusehen, wie du mit seinem Grolle fertig wirst.

Hedwig (froh). Oh, mir ist gar nicht bange.

(Anne sieht sie nochmals scharf an, dann legt sie den Brief auf den Schreibtisch, nimmt von dem Schreibpult einige Zeitungen, setzt sich in den Lehnstuhl vor dem Schreibtisch und blättert in ihnen. Hedwig zündet die Lichter des Baumes an. Kurze Pause. Dann kommt Hedwig zu Anne vor, stützt sich auf die Lehne des Stuhls und fragt schmeichelnd.)

Hedwig. Bist du mir böse, Anne?

Anne. Ich bin nie jemandem böse. Jeder handelt, wie er jedesmal handeln muß. Er kann nicht anders. Er ist eine Marionette psychischer Gesetze. Wie sollte man da einem böse sein können?

Hedwig. Aber dann könnte man ja auch keinem gut sein?
Anne. Kann man auch nicht. Man muß jeden begreifen,
wie er ist, muß erforschen, wodurch er so geworden. Das ist alles.
Das Übrige ist Redensart und Vorurteil. Schande genug, daß
wir so jämmerlich feige sind, aller vorgeschrittenen Erkenntnis
zu Trotz das alte, sinnlose Gerede noch immer im Munde zu führen.
Hedwig (schlau). Weißt du, was mir gar nicht gefällt an euch
beiden? Denn Georg hat es auch manchmal. Du aber besonders.
Daß ihr euch immer mit Fleiß schlechter macht als ihr seid. Und
das freut euch dann! Ihr seid die besten Menschen der Welt:
aber, wenn man euch reden hört, möchte man sich am liebsten
verkriechen vor Angst; so schlimm thut ihr. Ihr verzehrt euch
selbst vor Wohlthätigkeit: aber, wer eure Maximen belauscht,
könnte euch für Menschenfresser halten! Habe ich nicht recht?
Anne (überlegen, ungeduldig). Ja, ja. Natürlich. Ich zweifle ja
gar nicht.
Hedwig (plötzlich erregt von der Lehne des Stuhls auffahrend). Da kommt
er! Das ist sein Schritt! (Sie eilt an den Baum, alles noch ein letztes Mal
zu ordnen. Immer hastig.) Nun paß auf! Nun sollst du gleich sehen,
wer recht hat. (Da die Thüre im Hintergrund sich öffnet.) Ach, endlich,
endlich, Georg, Georg!

Dritte Scene.
Die Vorigen. Georg.

Georg (tritt rasch durch die Thür im Hintergrund ein und bleibt, durch den An=
blick des Lichterglanzes überrascht, dem Baume gegenüber stehen. Der Grundton seiner
Stimme ist ein melancholischer. Weich). Wie schön das ist! Wie wunder=
wunderschön!
Hedwig (gleichzeitig, lebhaft, mit triumphirendem Blick auf Anne). Siehst
du! Siehst du! Ich wußte es ja! O, guter, guter Georg!

Georg (noch immer in den Anblick versunken). Ein Traumbild aus verklungener Jugend! Kindheit, Einfalt, Glück! Mich über= mannts! — Ihr seid viel zu gut zu mir. Ich hatte wahrhaftig des Festes wieder gar nicht gedacht. Und nun beschämt ihr mich so. Wie kann ich das verdienen? Wie es danken? (Er geht auf Anne und Hedwig zu, um ihnen die Hand zu reichen.)

Anne (im Lehnstuhl mit ihren Zeitungen beschäftigt, fast rauh.) Mir hast du gar nichts zu danken. Es ist alles Hedwigs Werk allein. Ich wußte nicht, daß du neuestens auch in christlicher Mystik machst.

Georg (indem er Hedwigs Hand faßt, ohne auf Annes letzte Worte zu hören.) Wie gut du doch immer bist.

Hedwig (verlegen). Ich schulde dir ja so ohne Ende.

Georg (noch immer seine Hand in Hedwigs.) Wußt ichs doch gleich, daß es wieder meine kleine Hausfee, die hier so lieblich gezaubert. (Anne steht vom Lehnstuhl plötzlich auf, legt die Zeitungen weg und geht in den Hinter= grund. Sie schreitet dort einige Male auf und ab und lehnt sich dann nachdenklich an den Ofen.) Oh, ich wußte wohl, was ich that, als ich eines Tages klein Hedchen nicht mehr losließ, bis sie mitkam und mir Haus= genossin ward. Klein Hedchen dachte was Wunder, welch ein Aus= bund von Großmut und Edelgüte ich wohl wäre, und einstweilen war ich nur ein pfiffiger Spekulant, der seinen Vorteil suchte. Und ich habe das große Loos gewonnen: das Glück kam mir in's Heim. (Er läßt Hedwigs Hand los.)

Hedwig. Darf ich dir den Thee bringen? Ich habe ihn auch so stark gemacht, daß du heute gewiß zufrieden bist. (Sie geht zum Theetisch und schenkt eine Tasse voll.)

Georg (lächelnd). Bin ich denn sonst ein so unzufriedener Geselle?

Hedwig (mit dem Finger drohend). Na, na, was den Thee betrifft. (Sie setzt eine Tasse auf seinen Schreibtisch.)

Georg (vor dem Baum, auf die Süßigkeiten deutend). Und darf man davon denn auch naschen?

Hedwig (lachend). Ja, du dummer Mann, wozu sonst wäre denn das?

Georg. Ach, ich dachte nur, es wäre vielleicht, wie die Arbeiterfreundlichkeit unserer Bürger, eine Süßigkeit, nur zum Ansehen. Zerstäubte zwischen den Zähnen, wie man es kosten will. (Mit Humor.) Aber nein! Du bist ein reelles Mädchen.

(Hedwig und Georg sitzen am Tische und naschen vom Baum.)

Anne (noch immer am Ofen). Haft du die Versammlung ausgeschrieben?

Georg. Ausgeschrieben und polizeilich gemeldet. Morgen kommt die Ankündigung ins Blatt. Übrigens: sie verbieten sie ja doch.

Anne. Das dürfen sie nicht vor der Wahl.

Georg. So lösen sie nach dem ersten Satz auf. Das kommt auf das gleiche hinaus.

Anne. Wenn ihr es euch gefallen läßt, gewiß.

Georg. Es wäre Wahnwitz, es uns nicht gefallen zu lassen. Was sollen wir denn thun?

Anne (höhnisch). Natürlich! Was könnt ihr denn thun?

Georg (überrascht). Anne! — (Streng.) Wenn du eine bessere Taktik weißt, so, bitte, nenne sie. Wenn sie wirklich besser ist, wird niemand zögern, ihr zu folgen. Die begreifliche Ungeduld, die braven Genossen entgelten zu lassen, steht dir am wenigsten an.

Anne (verächtlich). Ach ja, die braven Genossen! — (Losbrechend.) Ihr seid alle gleich. Einer wie der andere.

Georg (verwundert, ruhig). Was soll das heißen?

Anne (in wachsender Heftigkeit). Das soll heißen, daß mir ein Weltrevolutionär sehr lächerlich vorkommt, wenn ihm ein bischen

Harzduft und Kerzenschimmer gleich so alle Manneskraft zerweicht, daß er sich vor Rührung kaum mehr zu fassen vermag. Das soll heißen, daß mir eure Bewegung sehr abgeschmackt vorkommt, wenn ihr nicht aufhört, alle Augenblicke allen möglichen Gefühls= plunder hineinzuwischen. Das soll heißen, daß ich es satt habe, unter euch allen der einzige Mann zu sein.

Georg (achselzuckend, immer noch wie mit seinen Gedanken bei etwas anderem). Ich begreife dich gar nicht. Kein Wort der Andeutung vorher zu mir und nun auf einmal diese überstürzende Empörung!

Anne. Weil ich dachte, es ginge vorüber, weil ich hoffte, es würde besser, weil ich mir einbildete, einmal müßtet doch auch ihr gescheut werden. Aber nein! Immer dasselbe wieder. Im= mer die gleiche tönende Phrase auf der Zunge und immer die gleiche weibische Schwachheit in der Brust!

Georg (ungeduldig). Aber was ist denn nur geschehen?

Anne. Das fragst du noch? Hast du's denn nicht erlebt? Ist dir denn niemals davon die Galle übergestiegen in den letzten Wochen? Mich quälte es Tag für Tag. Mich verfolgte es von Ort zu Ort. Immer und überall kams mir in die Quere. For= derte man Geld von den Leuten, zuckten sie die Achseln: Weih= nacht ist vor der Thüre. Forderte man ihre Arbeit für die Partei, wieder: Weihnacht ist vor der Thüre. Die einfachsten Dienste weigerten sie und die geringste Gefahr schreckte sie ab. O en Weihnacht ist vor der Thüre. Da will jeder daheim sein, im Kreise seiner Lieben, allem Getriebe der Öffentlichkeit entrückt, nur ganz seinem Herzen überlassen. Ja, sind wir denn Christen? Was geht uns Weihnachten an? Was hat die Partei mit Weihnacht zu schaffen? Ist das eine Bewegung, die bei jeder Ammenfabel anhält, um ein paar Thränen der Rührung abzu= laden? Sind das die Männer der Zukunft, die noch so tief in der Vergangenheit stecken, daß jeder überlieferte Hokuspokus ihr Gemüt überwältigt? Wie oft habe ich nicht in den letzten Wochen mir dein Wort wiederholt: es würde uns nimmer gelingen, die alten Menschen in neue Verhältnisse zu bringen, wenn wir nicht zuvor in den alten Verhältnissen neue Menschen hervorgebracht. Und nun! Nun habe ich mir diesen köstlichen Philosophen, der die, Bedingungen der Entwicklung so vortrefflich einsieht, zum Manne genommen, um doch wenigstens einen Vernünftigen bei mir zu haben, und nun tragiert mir dieser köstliche Philosoph den Faust vor, den die Erde wieder hat, und es fehlt nicht viel, so werden wir vom nächsten Freitag an fasten, weil das seine rührsame Seele an eine alte Tante gemahnt, die ihm einmal Makronen geschenkt. Werdet ihr euch nicht vielleicht morgen feierlichst mit Bürgern und Junkern versöhnen, da doch der Er= löser zu allen gekommen?

Hedwig (die der Rede, an den Lehnstuhl vor dem Schreibtisch vorn rechts ge= lehnt, mit ängstlicher Miene gefolgt ist). Verzeihe, Anne, daß ich dich un= wissentlich gekränkt. Ich hatte wahrhaftig keine Ahnung, daß du die scherzhafte Überraschung so schief nehmen könntest. Der Baum soll fort. Ich will ihn gleich entfernen. (Sie trifft Anstolten, die Lichter zu löschen).

Georg (der während Annes Rede mit großen Schritten unwillig auf= und nieder= geschritten, jäh und heftig, indem er Hedwig hindert). Du wirst das lassen. Der Baum bleibt.

Anne (gleichzeitig mit Georgs Ausruf, sehr ruhig). Ich mache dir keinen Vorwurf, Hedwig! Du hast es gut mit mir gemeint. Du ver= stehst es nicht besser. Ich mache den Vorwurf dem, der handelt wider seine Vernunft.

Georg (indem er auf Anne zuschreitet, die noch immer am Ofen lehnt). Du bist überarbeitet, Anne, abgespannt, überreizt. Dein Geist will nach fernen Zauberlanden und so fühlst du das Bleigewicht der nächsten Wirklichkeit nur doppelt unerträglich. Wir dürfen nicht murren, wenn du da einmal enttäuscht, ermüdet, im unwilligem Überdruß losbrichst: denn es ist ja um unsertwillen, daß du dich so aufreibst und verzehrst. Aber laß wenigstens die Unschuldige (er deutet auf Hedwig) nicht entgelten, was nur deine augenblickliche Verstimmung verschuldet.

Anne. Ich lasse sie nichts entgelten und ich bin nicht ver= stimmt. Aber ich kann nicht gelassen zusehen, wie du aus dem Lager der Vernunft zu den Sentimentalen desertierst.

Georg. Du ergibst dich eingebildeten Sorgen. Ohne diese ungewöhnliche Erregung hätte dies häusliche Fest dich mit seiner erquickenden Anmut erfrischt wie mich und du hättest die Güte Hedwigs dankbar genossen, wie ich sie dankbar genieße.

Anne. Wir sind nicht da, zu genießen, sondern die Mensch= heit zu befreien.

Georg. Wir sind vor allem dazu da, uns wetteifernd gutes zu thun.

Anne (mit einem plötzlichen Ruck das Gespräch abbrechend). So, so! — Nun! Du mußt es ja wissen.

Georg. Du brauchst Ruhe. Du mußt dich erholen, meine liebe Anne. Wir wollen uns trennen.

Anne (mit Betonung). Ja, ja.

Georg. Geht zu Bett! Ich habe noch viel zu schaffen heute. (Zu Hedwig, die unterdeß den Baum gelöscht und für sich eine Kerze angezündet hat.) Ich will recht fleißig sein und alle Kraft zusammennehmen, um mich zu morgen Abend frei zu machen. Dann wird auch Anne ruhiger geworden sein und du zündest uns den Baum wieder an und wir wollen traulich zusammen plaudern. Und dann werden wir dir erst danken können, wie du es verdienst, du Gute. (Er drückt ihre Hand.)

Hedwig (zu Anne, die von dem Winkelbrette, rechts hinten, eine Lampe herabnimmt und anzündet). Gute Nacht, Anne.

Anne (sehr ruhig). Gute Nacht, Hedwig.

Georg (noch immer in den Anblick Hedwigs versunken). Gute Nacht, mein Kind, und bleibe uns gut. (Mit losbrechender Empfindung.) Und willst du deinem Freunde nicht einen Kuß gewähren zum Abschied, daß ihn dein Segen begleite bei seiner Arbeit?

(Hedwig reicht Georg zitternd die Stirne. Er küßt sie lange. Anne, die eben durchs Zimmer schreitet, der Thüre in der linken Seitenwand zu, am Tische in der Mitte plötzlich stehen bleibend und die Lampe niedersetzend, mit schwerer Stimme.)

Anne. Georg!

Georg (wie erwachend). Was ist?

Anne. Ich habe noch mit dir zu reden, Georg.

Georg (gedankenlos). Ja. (Zu Hedwig.) Und nun schlafe süß und laß dir auch was schönes träumen.

Hedwig (lächelnd). Soll ich von dir träumen, guter Georg?

Georg. Träume was schönes, träume dich in eine schönere Welt, in die du gehörst, träume das Schönste: träume von dir.

Anne (noch immer am Tische in der Mitte, die Hand an der Lampe, Hedwig und Georg beobachtend). Ich habe noch mit dir zu reden, Georg.

Georg (langsam). Ja! — Gleich. (Er drückt Hedwig noch einmal die Hand. Sie geht durch die Thüre in der rechten Seitenwand ab. Er sieht ihr lange wie verloren nach.)

Vierte Scene.
Vorige ohne Hedwig.

Georg (noch immer Hedwig nachsehend, vor sich hin.) Herrliches, herrliches Mädchen! — Und sie mußte —! Oh! (Knirschend.) Zertreten könnte man diese Welt vor Grimm!

Anne (noch immer am Tisch in der vorigen Stellung.) Georg, ich habe noch mit dir zu reden!

Georg (indem er in Gedanken an seinen Schreibtisch tritt und in die aufliegenden Schriften und Blätter sieht). Ja! — Arbeit über Arbeit! Wie da wieder einmal eins das andere drängt! Keine Rast! — (Zu Anne.) Du kannst mir das wohl ein andermal sagen, ich —

Anne (scharf). Nein.

Georg. Ich brauche heute jeden Augenblick, um halbwegs fertig zu werden.' Muß es jetzt sein?

Anne (schwer). Muß.

Georg (durch ihren Ton überrascht auffehend). Nun denn! Aber möglichst rasch, meine Liebe. Ja?

Anne. Ja. Sie muß fort.

Georg (noch immer am Schreibtisch). Wie denn? Von wem sprichst du denn?

Anne (auf Hedwigs Zimmer deutend, ruhig und bestimmt). Sie! — die da drinnen.

Georg (mit einem Schrei auffahrend). Anne!

Anne (gelassen). Hedwig muß fort.

Georg (fassungslos). Heb— meine — du bist wohl nicht bei Sinnen?

Anne. Ich bin bei Verstande, wenn andere zu sehr bei Sinnen sind.

Georg (sich an die Stirne faffend). Aber warum denn?

Anne. Warum denn nicht?

Georg. Braucht es erst Gründe, jemanden nicht aus dem Hause zu werfen?

Anne. In unserem Hause, ja. Und das ist es ja gerade, was mir so wehe thut, daß du das so völlig vergessen hast. In Häusern des Müssiggangs mag es auf einen Faullenzer mehr oder weniger nicht ankommen. In dem Tempel, den wir zwei in unablässigem Ringen der menschlichen Freiheit aufgerichtet, bin ich

Hohepriesterin: da jage ich die tändelnden Laien hinaus. Sie muß fort.

Georg. Du bist krank, Anne, und es ist nichts als eine krankhafte Laune, die du morgen selber verlachen wirst.

Anne. Krank bist du und gerade um dieser geistigen Pest willen, die dieses Mädchen hier eingeschleppt und mit der sie dich angesteckt hat, geschieht es zu allermeist, daß ich ihre Ausweisung verlange.

Georg (unwillig). Aber so höre doch endlich auf, mich mit Rätseln zu peinigen, die ich nicht verstehe. Rede klar!

Anne. Das will ich. Wir wollen uns ganz rückhaltlos aussprechen. Das wird das beste sein. (Sie setzt sich auf einen der Lehnstühle am Mitteltisch, während Georg, ihr nur halb zugewendet, im Lehnstuhl am Schreibtisch sitzt.) Und ich will auch gleich ganz von vorne anfangen: denn ihr habt es merkwürdig verstanden, die Sache von Anfang an zu verfitzen. Und höre mich nur ganz ruhig an, ohne mich zu unterbrechen, das verrückte mir nur das Concept und hielte uns nur unnötig auf. Also, du gehst eine Nacht die lange Straße heim, vor dir eine Prostituierte. Trunkene Buben fallen die Dirne an, versuchen unflätigen Scherz, drohen mit thätlicher Mishandlung. Du trittst dazwischen, schickst die Jungen mit blutigen Köpfen heim, bringst das Mädchen in Schutz. Das alles war nur deine Pflicht. Das Mädchen, vom Schimpf erregt, aufgelöst in Thränen, faßt Zutrauen zu dir, schüttet dir ihr Herz aus. Die Erzählung ergreift dich: sie ist keine Verdorbene, sie ist eine Unglückliche. Sie lechzt nach Rettung, du willst sie ihr reichen. Der Mann des raschen Entschlusses, nimmst du sie mit dir; führst sie zu mir; sprichst: an dieser hat die Welt schlecht gehandelt, wir müssen, es gutzumachen, um so besser an ihr handeln; räumst ihr dein Arbeitszimmer zur Wohnung ein und Hedwig ist unsere Hausgenossin.

Das war nicht blos recht von dir, es war brav und schön und, was daraus auch komme, ich werde dir die wackere That nie vergessen. Bis hieher ist Alles in Ordnung. Aber was nun? Wie weiter? Es war zunächst einmal abzuwarten, ob du dich in dem Mädchen nicht getäuscht: ob nicht eine Leichtfertige deine Güte misbraucht, sich einmal eine ruhige Nacht zu bereiten. Vor diesem Schmerz solltest du bewahrt bleiben. Hedwig zeigte sich bald als die reinste, die treueste Seele. Es war nur natürlich, daß man ihr zunächst Gelegenheit gab, sich von dem Schrecklichen, das sie erlebt, zu erholen. Sie mußte zunächst vergessen, bevor man es wagen konnte, sie ein zweites Mal in die Welt zu entlassen. Man mußte mit Liebe und Güte die Vergangenheit in ihrem Herzen so umwuchern, daß sie erstickte und keine Herrschaft mehr üben konnte über die Zukunft. Aber man durfte sie nicht blos befreien von der Vergangenheit, man mußte sie auch rüsten für die Zukunft. Die ganze Schuld des Mädchens hatte in seiner Naivetät bestanden. Reflexion kannte sie nicht. Augenblicklichem Impuls war sie immer willenlos unterthan. Eine Beute ihrer jedesmaligen Stimmung war sie immer gewesen. Auf ihr Gefühl verließ sie sich völlig. Weil sie dabei nur gutes empfand, gab sie sich ohne Bedenken dem ersten hin, der darum in sie drang. Weil es ihr weh that, die Eltern in Not zu sehen und ihre Güte die Klagen des Vaters nicht länger ertrug, gehorchte sie seinem Rat und ging auf die Straße. So war sie schon mitten im Laster drin, bevor sie das mindeste Bewußtsein hatte vom Laster. Bewußt ward sie sich des Lasters erst in dem Augenblick, da jene Impulse, die sie ihm in die Arme geführt, ihre Wirkung versagten. Da fühlte sie erst die Sünde und da faßte sie erst der Jammer. Aber nun stack sie einmal drin und aus eigener Kraft wäre sie wohl nie wieder emporgestiegen. Wollen hatte sie ja nie

gelernt. Und Wollen hätte sie bei uns lernen müssen. Da lag
unsere Pflicht. Unbarmherzig hätten wir ihr die naive Illusion
zerreißen müssen, als ob man nur ein gutes Herz zu haben
brauchte, um auch schon ein guter Mensch zu sein. Unbarmherzig
hätten wir ihr das Leben enthüllen müssen, wie es ist: in seiner
ganzen barbarischen Grausamkeit. Unbarmherzig hätten wir ihr
die rauhe Lehre einhämmern müssen, daß es nur ein Menschliches
im Menschen gibt, ein einziges, das ihn vom Tiere scheidet und
darin seine Würde besteht: die ehernen Vernunftgesetze in seinem
Haupte; daß alles andere, Trieb, Gefühl, Empfindung, nur Lug
und Trug ist: unlautere, verführende Gewalten, die seine Vernunft niederringen und einketten muß; daß nur eine Sittlichkeit
besteht: alles im Menschen zu ertöten, was nicht Vernunft ist.
Das wäre wahre Rettung gewesen. So hätten wir sie gelehrt,
sie, die auf dem Herzen durch die Welt gefahren und dabei so
jämmerlich gescheitert war, so hätten wir sie gelehrt, nun eine
zweite Fahrt auf dem Kopfe zu wagen. Und dann hätte sie hinaus gemußt, diese Fahrt auch wirklich zu versuchen, sich zu erproben im Kampf gegen die tobenden Elemente oder unterzu-
gehen. Das wäre unsere Pflicht gewesen. Und was thaten wir
statt dessen? Statt sie zu uns emporzuheben, stiegen wir zu ihr
hinab. Statt ihr unsere Reflexion einzugeben, nahmen wir all-
mälig ihre Naivetät an. Statt ihr Gefühl durch unsere Vernunft
zu bändigen, ward unsere Vernunft durch ihr Gefühl gelähmt.
So sollten wir erziehen zum Bessern, und wurden selbst zum
Schlechteren gezogen. Lehrer sollten wir sein und lernten nur selber
die Unarten unseres Schülers. Retten wollten wir und sind nun
selber so weit gekommen, der Rettung zu bedürfen. Denn nun
bin ich, wohin ich wollte. Nun bin ich an der Ursache, aus der
sie fortmuß und auch fortmüßte, wenn sie gleich darüber zu Grunde

gehen sollte. Es handelt sich jetzt nicht mehr um sie. Es handelt sich um uns. Es fragt sich nicht mehr, wie einem Leben ein Wirken zu eröffnen. Es fragt sich, wie das Werk eines Lebens zu bewahren. Es ist nicht mehr die Rede von dieser kleinen Person, ob sie vielleicht noch irgendwie zu einem nützlichen Gliede der menschlichen Gesellschaft zu gestalten. Es ist die Rede von uns, die wir schon unseren Posten haben im großen Befreiungskriege der Menschheit, den wir nicht verlassen dürfen, ohne zu Verrätern zu werden an der Menschheit und unserer eigenen Vernunft. Und diesen Posten können wir nicht bewahren, ohne sie zu opfern. Und diesen Verrat üben wir jeden Tag auf's neue, den sie noch länger hier ist. Du, weil dich der Zauber ihrer naiven Persönlichkeit so befängt, daß du darüber deiner Überzeugungen vergißt. Ich, weil ich vor Angst um dich nicht mehr zur Sorge um meine Pflichten komme. Das ist es, was mich mit so namenloser Qual in die Irre setzt seit Wochen wie ein umstelltes Wild, daß ich mich nicht mehr auskenne vor Scham und Verzweiflung: die entsetzliche Furcht, wir könnten aufhören, wir selbst zu sein, und es könnte ein Tag kommen, da nunmehr unser alter Körper lebte, der neue Geist aber, mit dem wir ihn erfüllt, wäre wieder erstorben. Das ist es, was in mir rast, wie ein tobendes Fieber. Das hat mich ungerecht gemacht, rauh, gewaltsam gegen euch, daß ich keine Rücksicht nahm, euch wehe zu thun und zu verletzen — es war ja ein Kampf um Leben und Tod, den mein Geist kämpfte, unser Geist, gegen den überlieferten Geist, den sie in das Haus eingeschleppt. Wie habe ich gerungen! Was habe ich gelitten! Ich glaubte es erzwingen zu müssen, daß unsere Vernunft Siegerin bliebe in ihrem einsamen Stolz gegen das Heer gemächlicher Vorurteile, das in diesem kleinen Mädchen steckte. Wir rangen um dich, um deine kühne, freie Seele, ich,

die neue Zeit, nur bewaffnet mit dem nackten, Vernichtung blitzen=
den Schwert der Erkenntnis, sie, die alte Zeit, ausgestattet mit
dem ganzen berauschenden Zauber überquellender Empfindung,
mit aller bestrickenden Seligkeit zügellosen Gefühlsüberschwanges.
Alle meine Kraft setzte ich ein: mit den Fingernägeln vergrub
ich und mit den Zähnen verbiß ich mich in meine Stellung, sie
zu behaupten. O meine Ohnmacht! Scherzend, singend, tanzend
scheuchte sie mich zurück, verdrängte mich Schritt um Schritt,
schlug mich Stunde für Stunde, im Spiel, kaum daß sie's merkte:
wie der Winter gigantische Eisesvesten auftürmt und der Lenz
lächelt nur einmal und sie sind weg. O meine Ohnmacht!
Thörichte Hoffnung, gegen das Schicksal aufzukommen! Denn
das Schicksal, es ist das Schicksal, höre wohl, mein Georg, es
ist das Schicksal, daß wir uns selber verlieren, wenn wir uns
nicht entschließen, sie zu verlieren. Die Bestimmung liegt nicht
in uns. Sie liegt in den Verhältnissen. Der Kampf ist zu un=
gleich zwischen uns, den neuen und den alten Menschen. Im
Massenkrieg gleicht die Sicherheit unserer Disziplin den Vorzug
ihrer Position aus: im Handgemenge, Mann gegen Mann, Auge
in Auge, sind wir unweigerlich verloren. Sie stehen da ganz ein=
gehüllt in ihre überlieferten Anschauungen, Gefühle, Empfindungen
wie in einen undurchbringlichen Panzer: der läßt unsere Speere
nicht durch, unsere neuen Gedanken prallen machtlos an ihm ab.
Aber wir dagegen! Wir! Wir haben den Verräter in der
eigenen Brust und der Angriff ist ein doppelter, von zwei Seiten,
von zwei Feinden zugleich: hundertmal niedergerungen, sind die
Gefühle und Vorurteile in uns noch immer lebendig und das
Ererbte in uns revolutioniert jede Stunde gegen das Erworbene,
wo es nur kann. Jeder Angriff der Feinde außer uns ist von
einem Angriff der liebgewordenen Gewohnheit in uns begleitet

und dieses Kreuzfeuers uns zu erwehren, das ist es, was unsere Kraft übersteigt. Es ist, als ritten wir in den Streit auf Rossen, die im Lager der Gegner ihre Dressur erfahren: bläst der Gegner das Signal, dann wiehern sie fröhlich und spitzen die Ohren und wir mögen ziehen und herumreißen an ihnen soviel wir wollen und können, sie folgen nur dem gewohnten Ruf und sprengen mit uns durch. So geht unser angeborne Instinkt, in dem die ganze Vergangenheit steckt, mit unserer erworbenen Vernunft durch, in der die Zukunft schlummert, und das vereitelt jedesmal all unsern Mut, all unsere Kraft. Das fällte dich, du mächtiger Mann, den sie von Erz glauben und unwandelbar im tosenden Streite, und der doch wie Honig zerfloß vor dem Geplauder dieses Kindes. Losgerissen von allem Vorurteil hattest du dich und emporgeschwungen zu einsamer Gedankenhöhe, wohin kein anderer Laut bringt als nur das ewige Rauschen des Menschengeistes. Da horchtest du seiner Kunde, seine Gesetze zu vernehmen. Da ward dir die Botschaft von der Befreiung der Menschheit. Und als ihr flammender Profet kehrtest du wieder, ganz nur Gewitter-groll gegen die Lüge, ganz nur Schwertstreich und Beilhieb der Wahrheit. Wie Herbststurm fegtest du über die Haide der Über-lieferung: zornschnaubend, jäh, voll Gewaltthat. Denn keine schmeichelnde Buhlerin, ein sengender Blitz ist die Wahrheit, grau-sam, voll Haß und Racheburst, töblich wie die Schönheit, und Würger sind ihre Jünger. Aber da kam sie und der Sturm ver-lor den Atem. Empörung und Schrecken solltest du sein und wardst Sehnsucht und Milde. In's Mark der Gegner solltest du den Stahl schwingen und wardst weich. Im Völkerkriege nicht zucken durfte deine Hand und nun tastet sie unsicher nach dem Herzen. Zufriedenheit kam über dich, Erbfluch und Erblaster der Menschheit. Nur in verzehrendem Haber mit aller Umgebung, nur in ewigem Zerwürfniß, nur in unsäglichem Gram wächst die unbefriedigte Leidenschaft groß, deren Schwungkraft allein die Entwicklung des Geistes in die That zu übertragen vermag. Und du warst zufrieden. Haß solltest du säen und schäumtest selber über vor Liebe, Freiheit verkünden und lagst selbst gefangen, brennenden Durst nach der Zukunft erregen und sogst selber in vollen Zügen am Becher der Gegenwart. So hat jenes arme Mädchen, ohne es zu wollen, zu wissen, ja auch nur zu ahnen, dich dir selbst entwendet und zur Karikatur deiner selbst verwandelt. Treulos bist du schon und ehrlos würdest du werden, wenn sie bliebe. Treulos bist du schon: denn neben dem Dienst der Ideen, dem allein deine Kraft angehört, geht dein Sinn bereits auf die Freude am Leben. Und dieser Freude am Leben würdest du, immer gieriger alles opfern, eins nach dem andern, Stück für Stück, zuletzt selbst den Dienst der Idee, wenn sie bliebe. Und würdest so ehrlos werden. Und darum muß sie fort. Sie muß fort in ihrem eigenen Interesse, damit was aus ihr wird. Im Glück gedeiht der Mensch nicht. Wir haben uns alle durchringen müssen und sie wird sich auch durchringen müssen, wenn sie das am Charakter halten soll, was sie verspricht. Und sie muß fort vor allem um deinetwillen, um unsertwillen, damit du dir selbst wiedergegeben wirst. Aber sie muß fort, sobald als irgend möglich. Verzug bringt nur neue Gefahr. Bereits schlagen die Flammen über dem Dachstuhl zusammen. Du bist schon nahe daran sie zu lieben, und sie weiß es nur noch nicht, daß sie dich liebt. Jeder Augenblick kann ihr die Entdeckung bringen und keins von euch hätte die Kraft des Widerstandes. Und das Unheil wäre ohne Grenzen, wäre entsetzlich. Du mutest mir nicht die Niedrigkeit einer eifersüchtigen Regung zu. Nicht einmal in Gedanken entehrst du mich so — ich weiß — meinetwegen bring dir Weiber mit, alle Tage, soviel dein Trieb verlangt, ich werde kein Wort darüber verlieren. Ja, ich werde es dir danken, wenn es dich stählt und der Genuß deine Arbeitskraft befeuert. Aber lieben darfst du nicht, hörst du wohl, Georg, lieben darfst du nicht. Zwischen dich und deine Liebe würde ich mich stürzen wie ein brandendes Meer von Haß. Ich würde euch vereinen nur, indem ich euch verschlänge. Eher ertrüg ich es, dich in Tod zu sehen, denn in Liebe. Ich begehre nichts für mich. Ich begehre alles für die Idee. Der menschlichen Freiheit gehört deine Kraft, dein Herz, dein Leben und sie gehören der menschlichen Freiheit allein. Über ihre Rechte wache ich eifersüchtig, nicht über die meinen. Und wenn du eines Tages mich selber liebtest, nicht als Waffengenossin, nicht als eine dir im gleichen Ideal Verbundene, sondern als Weib, mit jener närrischen Hingabe der eigenen Persönlichkeit an eine fremde, die sie Liebe nennen — mit der glühenden Zange des Hohnes würde ich dir diesen Unfug aus dem Herzen reißen oder würde dich verlassen. Der Verrat an der Idee wäre mir unerträglich, selbst wenn er geschähe mir zu Gefallen. Die Priester wissen, warum sie das Weib fliehen: man kann nicht zugleich eines Weibes Knecht sein und ein Werk= zeug des Gedankens. Und alle Liebe ist Knechtschaft unter das Weib. Darum muß sie nicht blos fort, wenn sich etwa einmal Gelegenheit findet, sie unterzubringen. Sie muß sofort fort! Gewiß: man muß diese Gelegenheit suchen. Aber sie muß fort sogleich, auch ohne solche Gelegenheit. Denn gerettet muß wer= den, was noch zu retten ist, bevor es zu spät ist.

(Sie ist in dem leidenschaftlicheren Teil ihrer Rede aufgestanden und an Georg's Stuhl herangetreten. Dann hat sie in heftiger Bewegung mehrere Male das Zimmer durch= schritten, um den letzten Teil ihrer Rede an den Ofen gelehnt zu sprechen. Nun schweigt sie und schreitet, mit einem langen Blick auf Georg, wieder nach dem Tisch in der Mitte des Zimmers. Georg hat ihre Worte mit heftiger Erregung in seinen Mienen begleitet. Nun liegt er wie gebrochen im Stuhle. Lange Pause.)

Georg (dumpf). Und, Anne, wenn es schon zu spät wäre?

Anne (aufschreiend). Georg! Georg! (In fliegender Hast.) Nein, Georg, nein! Gib dich dem nicht hin. Es ist nicht zu spät. Es ist alles nur Einbildung. Du mußt nur widerstehen. Es ist nie zu spät, wenn man nur will. Georg, mein Stolz, mein ungebeugter, eiserner Georg! Du brauchst ja nur zu wollen!

Georg (dumpf, langsam). Wenn ich sie schon liebte?

Anne (immer rascher, mit steigender Angst). Man redet sich solche Sachen nur ein und man kann sie sich auch wieder ausreden. Georg, betrüge dich nicht! Du bist ja mein mutiger Mann, du überläßt dich nicht. (Auf den Knieen vor ihm.) Du hast mich viel zu lieb, mir so wehe zu thun, und ich will dir ja auch so unendlich dankbar sein, mein Georg. Sieh', ich bin selbst schuld an vielem, ich weiß es. Ich habe dich hineingetrieben. Aber du sollst sehen, ich helfe dir auch wieder heraus. Ich will ganz anders werden. Mein Georg braucht ein trauliches Heim, ich will es ihm künftig bereiten. Mein Georg will sich erholen von seinen Sorgen, ich darf nicht mehr egoistisch sein, ihn auch noch mit den meinen zu quälen. Mein Georg braucht Scherz, Tanz und Sang, im will singen, tanzen und scherzen. Ich will diese abscheulichen Kleider abthun und mich kleiden, wie ich meinem Georg gefalle. Ich will meinem Georg aus der Kindheit erzählen, daß ihm das Herz aufgeht, und ich will ihm Märchen erzählen, als wäre er selbst noch ein Kind. Du wirst sehen: es wird dir gar nichts mehr abgehen, wenn ich so bin. Sie ist ja gar nicht so schön. Jede andere, wenn sie sich so trägt, gefällt dir ebenso. Du liebst ja nur ihre Kleider. Du willst nur die langweilige alte Anne nicht mehr und die langweilige alte Anne soll auch nicht mehr kommen. Wir wollen sie verbannen. Du sollst Ruhe vor ihr haben. Sollst gar nichts mehr von ihr merken. (Immer leidenschaftlicher.)

O Georg, Georg, ich will mich ja opfern, ganz, ohne Erbarmen, nichts soll von mir übrig bleiben. Will ganz nur deine Magd, nur Geschöpf deiner Laune sein, nur deinem augenblicklichen Bedürfnis hingegeben. Wenn es schon sein muß, daß eines der Idee die Treue bricht, wenn es schon sein muß, daß eines verächtlich wird, ich will es werden, laß es mich sein. Aber nur du, nur du bleibe rein! Nur du, nur du sinke nicht in den Schmutz! Nur du zerschelle nicht, meine Welt!

Georg (hartnäckig, wie in einem schweren Bann). Wenn es schon zu spät wäre, wenn ich sie schon liebte und nicht mehr heraus könnte aus dieser Liebe?

Anne (noch immer auf den Knieen vor ihm). Nein, nein! Es ist nicht, Georg, es ist nicht. Du träumst! Du träumst nur! Erwache, erwache und schüttle ihn ab, diesen garstigen Traum! Thu nur die Augen auf und rege dich blos! Es ist nicht, es ist nicht!

Georg (wie oben). Wenn es wäre, doch wäre?

Anne. Entsetzen! Entsetzen! Alles verloren! Aber nein, nein! Einbildung, Gaukelspiel der Sinne! Du brauchst ja blos ernsthaft zu wollen!

Georg. Was dann? Wenn es doch wäre? Was dann?

Anne (in die Höhe fahrend und wild aufschreiend). Dann muß man sie tödten, daß du sie los wirfst!

Georg (vom Stuhle auffahrend). Anne!

Anne. Wenn der Dämon sich nicht verscheuchen läßt, muß man ihn am Halse packen und erwürgen!

Georg (die Hände abwehrend vor sich streckend, kreischend). Anne, du bist ja roh!

Anne (am ganzen Leibe zitternd). Soll ich dir erzählen, wann ich gelernt habe, roh zu sein?

Georg (stehend). Haft du mich denn nicht auch ein bischen lieb, daß du mich schonteft?

Anne (in höchster Leidenschaft). Wenn du so feig bift, verachte ich dich nur!

Georg. Erbarmen, Erbarmen!

Anne. Nein, Feigling!

Georg (in wildeftem Schmerz). Du brichft mir das Herz?

Anne. Ich habe es um deinetwillen schon meinem Vater gebrochen.

(Sie fährt bei diesen Worten plötzlich wie von einem Fieberschauer gepackt zu= sammen und starrt lange regungslos vor sich hin. Dann legt sie ihre Hand schwer auf Georg, der laut auffstöhnt, und sagt mit veränderter Stimme:)

Anne. Wie war das doch damals, das mit meinem Vater? Du erinnerft dich doch noch, Georg? (Sehr langsam.) Da war ein alter, auf den Tod kranker Mann, der nichts hatte als sein ein= ziges Kind. Und da war dies thörichte Kind, das nichts hatte als seine krausen Vorstellungen vom Menschenideal und dem Sittengeseß der Vernunft. Und dann war da ein wortgewaltiger Held, der faßte das Kind an diesen Vorstellungen und riß es an sich. Das Kind schauerte zusammen vor wollüftiger Wonne, wie der Verwegene mit der Wahrheit um den Schleier rang, und nur ein Ziel seßte es seinem ganzen künftigen Leben: dem Helden Gefährte seiner Arbeit zu sein. Ganz ohne Rückhalt ergab sich ihm die Kleine. Nur auf einer Bitte wollte sie beharren: auf der nach ehelicher Verbindung. Nicht ihretwegen. Sie lachte der Form. Nur für den Vater, der dran hing als an seiner Ehre. Für den wollte sie Erbarmen, daß ihm nicht das Herz bräche. Aber der Mächtige im Geift sprach: „Kehre heim, woher du ge= kommen, und spiele weiter mit deinen Puppen. Nichts opfert, wer nicht alles opfert. Keine fremden Gößen duldet neben sich die Wahrheit. Wer noch an den alten Menschen hängt, aus dem

wird kein neuer." Und der Starke beugte den Sinn des Kindes.
— Georg, du bist entweder ein alberner Redegeck gewesen, der
die Tragweite seiner Worte selbst nicht ermessen konnte, oder aber
du hast an mir gehandelt wie ein leichtfertiger Lump. (Sie läßt
Georgs Schulter los, schreitet zum Tisch in der Mitte und ergreift die Lampe.) Nun
wirst du die Nacht über wohl Zeit haben, dich zu entscheiden.
(Ab durch die Thür der linken Seitenwand.)

Fünfte Scene.

Georg (auf seinem Stuhl zusammenbrechend, das Gesicht in den Händen ver=
bergend). Ach! Hedwig, Hedwig! Kein Ausweg, kein Ausweg,
keine Rettung. Nacht, Nacht, sternenlos, ohne Führung! Dumpf
alles, in brütendem Schweigen, und von dem Gericht da drinnen
(er faßt sich an den Kopf) keine Antwort, kein Urteil. Hilfe! Hilfe!

(Der Vorhang fällt langsam.)

Zweiter Akt.

Die nämliche Decoration wie im ersten Akt. Auf dem Tisch in der Mitte noch immer der Weihnachtsbaum. Es ist Abend.

Erste Scene.

Hedwig, in derselben Stellung wie **Georg** am Ende des ersten Aktes: auf dem Lehnstuhl vor dem Schreibtisch rechts, den Oberleib auf den Tisch geworfen, die Hände übers Gesicht geschlagen, am ganzen Körper wie im Krampfe bebend, thränenüberströmt, die Worte von heftigem Schluchzen unterbrochen abgerissen herausstoßend, in äußerster Erregung.

Hedwig. O Georg! Georg! Alles, alles umsonst ... Alles zerstört, vernichtet, niedergerissen ... Alle Hoffnung nur Eitelkeit! Wieder ausgestoßen und auf die Straße geworfen! Wieder flüchtig und gehetzt! Zurückgeschleudert in den Sumpf!... Einen Augenblick geträumt und nun das düstere, tödliche Erwachen!... (Aufschreiend.) Georg, Georg, warum hilfst du mir denn nicht? Ich vergehe ja!... Alles Glück nur gehäuft, mich desto elender zu machen. Alle Güte nur wildere Feindschaft... Ich habe euch doch nichts gethan! Hab ich mich denn aufgedrängt? Warum denn dieser rauhe, grausame Stoß? Was habt ihr mich denn erst geholt?... Und kein Erbarmen, keines! Nur immer diese herzzerreißende Sprache der Vernunft!... O, über diese Elende!

über ihren kalten, höhnischen Neid!... Und ich lasse dich nicht, Georg, und wenn du mich davon peitschtest wie einen Hund! Ich kann dich ja nicht lassen! Ich lebe ja nur in dir!... O, Georg! Wir wollen fliehen, weit weg von hier, nach unserem Glück! Komm doch nur und hilf mir!... Georg, bist du denn auch schlecht? Bricht denn alles zusammen?... (Kurze Pause.)

Zweite Scene.

Hedwig. Georg, durch die Thüre im Hintergrund eintretend.

Hedwig (wie sie seinen ersten Schritt hört, heftig auffahrend, ihm entgegenstürzend und mit einem jubelnden Aufschrei sich an seine Brust werfend). Georg, mein Georg, du bist da! Alles, alles wird gut.

Georg (mit bebender Stimme, indem er sie abzuwehren und sich aus ihrer Umarmung loszuringen sucht). Hedwig! Hedwig! Nur nicht diesen wilden Sturm der Leidenschaft!

Hedwig (ohne auf seine Worte zu hören, sich an seinen Hals anklammernd). Sie will mich von dir reißen und ich bin doch nur in dir. Sie will mich wieder schlecht machen und ich vergehe doch vor Sehnsucht, gut zu bleiben. Sie will mich töten, eben da ich ganz nur Begierde bin nach Leben. Du allein kannst helfen, Georg, mußt es, Georg, ich habe ja sonst niemanden auf der Welt.

Georg (indem er ihr mit der Hand sanft über die Haare streicht, wie um sie zu beruhigen, immer mit von Erregung durchzitterter Stimme). Werde blos ruhig, mein Kind! Öffne doch nur die Augen und die Gespenster deiner Einbildung sind verscheucht. Sie wollte dir doch nur Gutes —

Hedwig (heftig auffahrend). Lüge nicht so! Georg! (Mit von Thränen erstickter Stimme.) O Georg, wenn auch du noch falsch zu mir bist —

Georg (immer bemüht, sie zu beschwichtigen). Kind, Kind! Komme nur zu dir! Nimm doch Vernunft an.

Hedwig. Ich will nichts mehr wissen von dieser entsetzlichen Vernunft, mit der ihr immer so groß thut und die doch nur an allem Gräßlichen schuld ist.

Georg (indem er ihr schmeichelnd zuspricht). Überlege doch nur einen Augenblick! Daß man dir Gelegenheit bietet, wieder hinauszukommen in die frische Fröhlichkeit der Welt, weg aus der dumpfen Einöde dieses traurigen Hauses, von diesen beiden auf den Tod müden und abgearbeiteten alten Leuten, denen längst alle Freude am Leben in der Seele erstorben, wo soll denn dabei nur was Böses sein, du Thörin?

Hedwig (noch immer an seiner Brust). Aber weißt du denn nicht, Georg, daß alles zerreißt in mir, wenn ich von dir gehe? Weißt du denn nicht, daß ich zurücksinke in den Schlamm, aus dem du mich errettet? Bei dir ist Jubel und Luft, überall anders Elend und Verderben. Bei dir bin ich rein, überall anders ist die Sünde. (Mit überströmender Zärtlichkeit.) Weißt du denn nicht, daß ich dich brauche wie die Luft zum Athmen? Weißt du denn nicht, daß ich dich liebe, Georg?

(Georg fährt mit einem gurgelnden Röcheln zusammen, reißt sich gewaltsam aus Hedwigs Armen los, so daß sie zurücktaumelt und sich an der Bücherstelle rechts von der Thür im Hintergrunde festhalten muß, um nicht umzufallen, und schleppt sich schwer, mit zuckendem Antlitz, um den Tisch in der Mitte herum nach dem Stehpult vorne links, an dem er sein Haupt in beide Hände vergräbt. Hedwig sieht ihm, starr in ihrer Stellung verharrend, wie hilfeflehend nach, ängstlich alle seine Bewegungen verfolgend. Pause.)

Georg (sich aufrichtend und mühsam zur Ruhe und Sicherheit im Ton zwingend). Ach, was wir doch große Kinder sind, uns so mit eingebildeten Sorgen zu quälen! Weshalb denn alle diese tobende Erregung, diese Wirbelstürme von Leidenschaft? Weil dir eine Stellung in einem anderen Hause angeboten wurde, in dem du es sicherlich zehnmal besser hättest als in unserer Einöde. Dich von hier fortzujagen, wie du schwärmst, daran dachte doch keines. Und wenn dir der Vorschlag nicht zusagt, brauchst dus doch nur zu sagen und (tief atmend) die Sache hat ein Ende. Es bleibt dann alles beim alten. (Stockend.) Ich will schon mit Anne reden.

Hedwig (sieht ihn mit einem Blick der Verwunderung an, als verstände sie ihn nicht.) Das meinst du doch unmöglich im Ernste.

Georg. Wir leben weiter, als wäre nichts geschehen, als hätte Anne niemals den unglücklichen Einfall dieses Vorschlags gehabt. Wir denken seiner gar nicht weiter und alles ist wieder wie früher. Wir setzen das alte Leben fort.

Hedwig (sich an den Kopf fassend, als schwindelte ihr). Ich und sie! (Zusammenschaudernd.) Du mit ihr! ... Ja, aber Georg, merkst du denn gar nicht, was geschehen ist? Merkst du denn gar nicht, daß alles, alles anders geworden mit einem Schlag und das alte Leben unwiederbringlich dahin ist, weil, die es lebten, dahin sind? Merkst du denn nicht, daß es gerade die Geburtswehen des neuen Lebens, die uns so schmerzen, bis dieses neue Leben sich endlich von allen Hemmnissen losgerungen haben wird? Es wäre ja eine entsetzliche, eine unerträgliche Lüge, jetzt noch jene Blindheit fortsetzen zu wollen, da wir doch sehend geworden. Nein, Georg, das kann nicht sein. In dem Augenblick, da sie mit ihrem Vorschlag kam, da wußte ich auf einmal alles. Ich wußte, daß ich dich liebe und daß ich nicht leben kann ohne dich. Ich wußte, daß sie das weiß. Und ich wußte, daß sie weiß, daß du diese Liebe erwiederst. Und mit dieser dreifachen Wissenschaft ist das alte Leben eingesargt für alle Zeiten.

Georg (noch immer vorn am Pult, mühsam). Du spiegelst dir allerhand Dinge vor, die gar nicht sind, und ängstigst dich mit eitlen Phantasien ohne Inhalt.

Hedwig (noch immer hinten an der Bücherstelle). Ja, Georg, glaubst du denn, sie und ich, wir könnten hinfort noch nebeneinander leben auch nur eine Stunde lang? Glaubst du denn, eine von uns könnte freiwillig verzichten auf dich und selbst wenn sie sich zu solchem Verzicht überwände, sie könnte auch noch den Anblick der siegenden Feindin ertragen? Georg, Georg! Glaubst du denn, ich könnte dich sie küssen oder ihr die Hand drücken sehen, ohne daß jeder Gedanke in mir ausartete in tobende Todesfeindschaft wider sie? Die Ahnung eurer Umarmung wäre ja Raserei. Es wäre ja namenlose Pein ohne Ende. Nein, Georg: auseinander müssen wir. Die Frage ist nur, mit wem du gehst, und das ist doch nicht mehr die Frage.

Georg (schwer und schleppend, mit äußerster Ueberwindung). Hedwig! Hedwig! Alle deine Schlüsse sind falsch und alle deine Beweise haben keinen Boden, weil sie als mit Thatsachen immer mit deiner Liebe zu mir und meiner Liebe zu dir rechnen, die doch nur in deiner Einbildung sind.

Hedwig (mit verglastem Auge, in Entsetzen). Willst du mich denn betrügen?

Georg. Betrogen wirst du nur von dir selber und dem verführenden Spiel deiner entzündeten Erregung.

Hedwig. Glaubst du denn, mich dir vom Halse und mir meine Liebe aus dem Herzen wegreben zu können?

Georg (immer von ihr abgewendet, um ihrem Blick auszuweichen). Was du deine Liebe zu mir nennst, ist nur jenes zufriedene Behagen, mit dem die Gerettete der Friede unseres Hauses erfüllte und jene überströmende Dankbarkeit, mit der deine leidenschaftlich erkenntliche Seele meinen kärglichen Liebesdienst beschämte.

Hedwig (fast rauh). Das glaubst du ja alles selbst nicht.

Georg. Und was du nun gar an mir für Liebe hältst, das ist in Wahrheit erst recht nichts weiter als Hilfsbereitschaft und der menschenfreundliche Sinn, der andere nicht ungetröstet läßt im Leiden.

3

Hedwig. Warum hat denn dieser menschenfreundliche Sinn nur für mich keinen Trost mehr in meiner unsäglichen Pein?

Georg (mit äußerster Selbstbeherrschung). Du wirst später, wenn nur einmal deine gegenwärtige Wallung vorüber, erst erkennen, wie Recht ich habe. Du wirst dann begreifen, daß sie der einzige Trost war, den ich dir spenden konnte und spenden durfte: diese rücksichtslose Rauhheit der offenherzigen Wahrheit.

Hedwig (in Thränen aufgelöst). Zuvor werde ich aber längst verdorben sein an dieser Härte.

Georg (immer wärmer im Ton, immer siegreicher sich selbst überwindend). Es kommt ja oft genug vor, daß man sich so täuscht: man muß nur auf der Hut sein, sich solchem Irrtum nicht vorschnell zu überlassen. Sieh! Wenn du deiner augenblicklichen Regung folgtest, die du für Liebe vermeinst und die doch nichts ist als Erkenntlichkeit und neugeborene Lebensfreude, und du mich bethörtest, ihrem schmeichelnden Wahne nachzugeben, statt ihn zu überwinden durch den Widerspruch der Vernunft, wie könnte das wohl anders enden als in Verzweiflung und in bitterer Seelenqual?

Hedwig (mit von Thränen erstickter Stimme). O, Georg, laß es uns doch nur versuchen!

Georg. Was könnte wohl anders daraus werden als Vorwurf und Reue ohne Ende? Wie lange dauerte es wohl und du bekämst die Ausschweifungen deiner überreizten Phantasie satt und sähest dir einmal den Erwählten bei kaltem Verstande an? Und wie würde da wohl der müde Mann mit dem weltenttäuschten Herzen und der menschenverbitterten Seele deiner Jugendlust und deinem Lebensmut gefallen?

Hedwig (in ihren Thränen lächelnd). O, Georg, rede doch nicht so thöricht!

Georg. Und dann, Hedwig, denkst du denn an Anne gar nicht, die mir zehn lange, schwere Jahre so opferfreudig, so selbstlos, so ganz nur Hingabe an mich, Gefährtin gewesen!

Hedwig (wild auffahrend). Was geht uns denn Anne an? Was stellt sie sich unserem Glück in den Weg!

Georg. Denkst du denn gar nicht daran, welchen Schmerz wie ihr bereiteten, und daß wir ihrer Güte und Treue diesen Schmerz nicht bereiten dürfen, selbst nicht bereiten dürften, wenn wir gleich dadurch Heil und Glückseligkeit gewännen?

Hedwig. Was heißt denn das dürfen oder nicht dürfen, wenn es sich handelt um Leben oder Sterben? Warum darf sie mir denn wehethun und ich ihr nicht? Warum soll sie dich denn ewig besitzen und niemals mein Glück an die Reihe kommen?

Georg. Hast du denn auch bedacht, mit welch immer er= neuten Entbehrungen und täglich härteren Opfern sie sich ihr Recht auf mich erkauft, wie sie sich Stück für Stück des Liebsten entäußert hat, blos um ganz nur Geschöpf meines Wohlgefallens zu werden?

Hedwig. Und ich habe nichts gethan und nichts geopfert und nichts beinetwegen entbehrt — ich bin nur da. Aber du liebst mich. Und deine Liebe, ist sie nicht Verdienst genug?

Georg. Hast du auch bedacht, wie ihr ganzes Leben nur eine einzige Kette von Wohlthaten gewesen, mit denen sie mich über= häuft? Glaubst du, und wenn ich tausendmal wollte, von dieser Kette käme ich los?

Hedwig. Meine Liebe soll sie in Stücke zupfen, diese Kette, wie rissiges Garn.

Georg. Nur daß sie damit auch meine Ehre zerzupfte. Ja, Hedwig, hast du denn nicht wenigstens das bedacht, hast du denn auch nicht ein bischen an mich gedacht, wie das mit mir so ganz

anders ist als mit den anderen und ich ja nicht mehr frei in der
Verfügung über mich, sondern längst weggegeben bin an die Idee,
der ich ausschließlich und für alle Zeit zu eigen gehöre? Ja,
wenn ich ein Mensch wäre wie die anderen, die ihr vorgeschrie=
benes Tagewerk abhaspeln und damit ists gethan und sie sind
fertig: eine Summe von Arbeitskraft und Arbeitszeit fordert man
von ihnen, ausgedrückt in einer bestimmten Reihe von Leistungen;
was sie im übrigen thun, fühlen, trachten, darum scheert sich
keiner, auf ihren ganzen Menschen mit jedem Atemzug und jedem
Pulsschlag macht niemand Anspruch. Sie können ihn verschenken,
an wen sie wollen. Ich kann mich nicht so verschenken. Ich bin
ja nicht mehr mein. Ich habe mich verschrieben nicht blos für
eine Reihe von Dienstleistungen und Pflichterfüllungen: ich habe
mich verschrieben ganz, wie ich bin, mit jedem Hauch, mit jedem
keimenden Gedanken, mit allem, was an mir ist, und schon daß
ich hier so mit dir rede und rate über mein Glück, schon das ist
Verrat und Treubruch. Ich darf meine Gedanken nirgends anders
haben als bei der leidenden Menschheit. Ich darf nichts lieben
als die Freiheit. Ich darf mein Herz nicht verweichen, weil ich
mir den Haß erhalten muß, den auffahrenden, gefräßigen Haß
gegen jene Elenden, deren Glück die Verzweiflung ihrer Mit=
menschen ist. Ich kann mich dir nicht überlassen: denn ich bin
ja nicht mehr in meiner Gewalt. Ich bin längst bei allen denen,
die bedrückt und bekümmert sind, und von diesen kann ich nicht
los. Ich würde ja sonst treulos wider mein ganzes vergangenes
Leben, ich würde ja zum Dieb gerade an denjenigen, denen ich
doch meine ganze Kraft zugeschworen.

Hedwig. Aber will ich dich denn deiner Pflicht rauben?
Hast du denn nicht auch Anne geliebt und bist doch der Idee
nicht treulos geworden? Warum denn nur gerade mich nicht?

Georg (stockend). Weil ich — weil das mit Anne ganz anders ist ... Es läßt sich das nicht so sagen — ... (Mit einem plötzlichen Entschluß.) Aber ich will es dir dennoch sagen, so schwer es fällt, und dir auch nicht ein Restchen Wahrheit vorenthalten, weil du mir ja bist wie mein eigen Selbst, dem ich doch nichts verheim= lichen kann. Weil ich Anne nicht geliebt habe, wie ich dich ... lieben würde. Siehst du, Hedwig, ich habe Anne geliebt, wie man einen guten Freund liebt, mit dem man sich eins weiß im Willen, und wenn ich sie liebte, so war das keine Untreue gegen die Idee, es war die Liebe zur Idee selbst nur in einer andern Form. Sie war mir wie ein treuer Kamerad, der nebenan steht in der Schlachtreihe. Man fühlt sich ihm innig verbunden durch gleiches Loos und plaudert mit ihm, wenn der Kugelregen nach= läßt, und hört seinen Rat und begleitet seine Rüstung und freut sich seines Mutes im Angriff und wenn er sich wacker hält, ist das Sporn, es ihm gleichzuthun, und wenn er tapfer kämpfend fällt, zieht man mit doppeltem Ingrimm los, ihn zu rächen. Man hat ihn gewiß recht gern, solchen treuen Kameraden, aber was man an ihm liebt, das ist eigentlich doch nur die Gleichheit von Beruf und Schicksal, es ist der eigene Beruf und das eigene Lebensziel, die man in ihm als in einer greiflichen Verkörperung liebt. So war meine Liebe zu Anne nur ein leiser Mitton in der rauschenden Symphonie meiner Liebe zu allen Menschen. Sie war nur ein Echo dieser Liebe an einer einzelnen Stelle, nur ihr verkürzter Ausdruck für meinen nächsten Lebenskreis. Mit uns beiden ist das ganz anders. Dich könnte ich ja nicht lieben mit dieser allgemeinen Menschenliebe und du würdest dich auch nicht begnügen mit ihr. Du würdest von mir fordern, was du mir gibst: alle Kraft der Empfindung, allen Inhalt des Gefühls, mich ganz ohne Rückhalt und Rückstand schrankenlos nur dir überliefert.

Und die lohe Glut dieser Leidenschaft würde jene Liebe zu allen
Menschen verzehren, daß bald nur ein trauriges Häuflein Asche
übrig bliebe. Und siehst du, Hedwig, das ist es, was ich nicht
kann, weil ich es nicht darf aus Achtung vor mir selber, und
darum müssen wir von einander.

Hedwig (vor sich hinstarrend, erschaudernd). Dürfen denn also die
neuen Menschen nicht mehr lieben mit jener Liebe, die die alten
so beseligt?

Georg (immer bestimmter und sicherer im Ton). Die neuen Menschen
dürfen nicht mehr lieben einen Mann oder ein Weib, weil sie
lieben müssen das ganze Menschengeschlecht. Die neuen Menschen
dürfen ihre Kraft nicht mehr weihen der Wohlfahrt dieser oder
jener, weil ihre ganze Kraft ausschließlich gehört der Wohlfahrt
des unendlichen Alls, von dem jeder einzelne nur ein winzig
verschwindender Teil. Die neuen Menschen dürfen ihr Herz nicht
mehr hängen an einen einzelnen, weil die Aufgabe der Gesammt-
heit, die Entwicklung der Menschheit zur Freiheit, ja einmal er-
fordern könnte die Opferung gerade dieses Einzelnen. Siehe,
wovon wir als Liebe singen in schmeichelnden Tönen, das ist doch
auch nur eines jener überlieferten falschen und unstatthaften Gefühle, die wir als Unkraut uns aus dem Herzen jäten müssen
wie die Vorurteile aus dem Kopfe. Da stehen wir mitten drin
in dem rastlosen Getriebe des Weltwerdens, zu einem ganz bestimmten Dienst in demselben berufen, nichtig und wertlos, wenn
wir diesen versagen. Und da sollen wir nun auf einmal aus der
ganzen kreisenden Bewegung heraustreten, uns abseits stellen und
thun, als wäre diese ganze flutende Entwicklung, für die allein wir
doch da sind, für uns nicht da und wir hätten nicht wichtigeres zu
schaffen als die Sorge um uns und noch ein zweites solches ver-
gängliches und lächerliches Ding wie wir? Was sind wir denn,

wir Nichtlinge, in dem brausenden Werden und Vergehen der
Ewigkeit rings um uns, daß wir mit solcher Sorgfalt auf unsere
Gefühle lauschen, als wären sie schier der Lebenskeim der Welt?
Ist nicht, sich dem Glücke einer anderen solchen Eintagsfliege zu
widmen, beinahe geradeso kindisch albern und erbärmlich wie sich
zu widmen der Sorge für sich selber? Nein, Hedwig! Die alten
Menschen, die immer nur ihren Vorteil verfolgen und ihrem
Gewinn nachjagen, die brauchen die Liebe: sie brauchen die Liebe,
um jenes mächtige Pathos, das als der Atem der Welt jedes
ihrer Glieder durchzittert und zum Ganzen reißt, um diese glühende
Leidenschaft für das All, die in dem Kleinsten tobt, da sich ihr
hinzugeben und ihrem Verlangen zu folgen ihr Klasseninteresse
verwehrt, einzuschläfern und zu beschwichtigen, sie abzufinden durch
eine Scheinbefriedigung. Wir neuen Menschen, die wir nichts
für uns wollen, sondern nur danach streben, handsame Werkzeuge
der Entwicklung zu sein, wir neuen Menschen brauchen diese
Scheinbefriedigung nicht: wer wird noch mit Puppen spielen,
wenn das warme Leben schon in seinen Armen liegt? Und wir
neuen Menschen dürfen uns gar nicht mehr dieser Liebe über=
lassen, selbst wenn unser Herz so thöricht wäre, noch danach zu
begehren. Wir müssen sie abschütteln und wegwerfen, um ganz
frei zu werden und ganz nur uns hingeben zu können jenem
Pathos der Weltliebe. Vielleicht wird uns das im Anfang bis=
weilen recht hart werden, wie es ja auch hart ist, der bestrickenden
Wollust des Glaubens zu entsagen. Aber es kommt ja nicht darauf
an, ob uns etwas hart fällt oder unserem Behagen schmeichelt
sondern allein, daß wir treu erfüllen, was unsere Ideen verlangen,
daß wir unseren Ideen gerecht werden.

Hedwig. Warum muß denn nur notwendig die Idee echt
sein und das Gefühl falsch und nicht vielleicht gerade umgekehrt

das Gefühl die einzige Wahrheit und die Idee nur Eitelkeit und Trug?

Georg. Weil, wenn mir die Idee schwände, ja meine ganze Weltanschauung zusammenbräche und ich rettungslos versänke, ohne Stütze, ohne Halt, den Sturz ins Nichts.

Hedwig. Wenn du schon nicht ohne Weltanschauung sein kannst und alles in ein System bringen mußt, schaffe doch aus unserer Liebe eine Weltanschauung und diesem System der Liebe wollen wir leben! ... O Georg, was habe ich denn von allem diesem namenlosen Ringen nach Wahrhaftigkeit, wenn du doch zuletzt nicht einmal mehr wahr bist gegen dein eigenes Gefühl? Was habe ich denn von dieser stolzen Vernunft, wenn sie doch am Ende auch nichts weiß als Verzicht und Entsagung, gerade wie der gläubige Mönch in seiner Einfalt? Was habe ich von allen den erlösenden Ideen, wenn sie zu nichts anderem nutz sind als mich zu verderben?

Georg (dumpf). Und wenn ich meinem Herzen folgte, verdürbe ich sie!

Hedwig (auffahrend). Immer sie! ... Sie überstünde die Trennung. Sie ist ja so mutig, so stark.

Georg. Ja, sie ist mutig und stark an meiner Seite: aber ohne mich zerbräche sie.

Hedwig. So laß sie zerbrechen, wenn wir nur glücklich werden.

Georg (empört). Hedwig!

Hedwig (immer leidenschaftlicher). Du sollst nicht immer von ihr reden und an sie denken. Du handelst nur wider dein eigenes Herz, wenn dus thust. Dein Herz gehört jetzt mir, mir ganz allein, und wenn dus hundertmal an die Idee und sie weggegeben, jetzt habe ichs und ich halte es fest; laß vergangen sein, was ver=

gangen ift! Und habe ich nicht ein Recht, fie zu vernichten? Wenn zwei auf wogender See einen fchwimmenden Balken um= klammern, der nur einen erträgt, dann — haft du felbft einmal erzählt — hat der Stärkere das Recht, den anderen unbarmherzig hinabzuftoßen in die Flut zu feiner eigenen Rettung. Georg, ich verfinke im Meer ohne dich. Sie und die Ideen und wer es auch fei, alle ftoße ich hinab: denn die Gewalt meiner Liebe ift ohne Grenzen. · Ich ftoße fie hinab: mag fie felbft zufehen, was aus ihr werde. Ich ftoße fie hinab und laffe dich nicht. Ich kann nicht anders.

Georg (in heftigem Kampf mit fich felbft). Alles, alles vergeblich! Alle Einrede mit einem Stoß weggeriffen und zerknittert von der fau= fenden Wucht ihrer Leidenfchaft! Hedwig, Hedwig! Wir wollen ja fehen, ob dir nicht dein Wille werden kann. Nur faffe dich! Nur nicht diefen Taumel der Erregung! Nur erft zur Befinnung laß uns kommen!

Hedwig. Was foll denn erft wieder die viele Befinnung? Die ift ja gerade an allem Schlimmen fchuld. Die verführt dich ja gerade immer zu Lüge und Graufamkeit! Du brauchft doch nur zu fühlen! Höre doch nur dein Herz! (Indem fie ganz nahe an ihn herantritt, immer flehentlicher und ftürmifcher.) O Georg, lieber, guter, füßer Georg, rede dir doch folche Sachen nicht ein, als hätteft du fie noch lieb und brauchteft noch irgendwelche Rückficht zu nehmen auf fie, als wären dir alle diefe Ideen noch von Bedeutung und hätten irgendwelche Dauer neben mir. Das ift ja alles längft vorbei und längft begraben. Ich lefe es ja in jedem deiner be= gehrenden Blicke, ich höre es aus jedem deiner bebenden Worte, ich fühle es an deiner heißen, zuckenden Hand, daß du mich liebft und mich ganz allein, und daß dir alles andere gleichgiltig ift neben diefer Liebe. Siehe, und wenn ich dir gleich deinen Willen thäte und dich verließe, du kämst mir ja heute noch nach, ließest alle deine Sorge im Stich und suchtest die ganze Welt nach mir ab.

Georg (abwehrend). Hedwig! Hedwig!

Hedwig. Es geht uns beiden ganz gleich: alles ist vergessen und wir wissen nurmehr, daß wir nicht mehr sein können eins ohne das andere. Widerstreben ist eitel. Wir sind ein und dasselbe und trennen kann uns nur, wer uns zerschneidet.

Georg (sich selbst zusprechend). Mut! Mut! Standhaft! Es geht ja vorüber.

Hedwig. Und wenn unsere Liebe anderen wehthut, was gehts uns an? Können wirs ändern? Sind wir dran Schuld? Ist das Feuer dran schuld, daß es brennt? Haben wir unsere Liebe gemacht, daß wir sie auch wieder endigen könnten? Sie ist gekommen über Nacht: keins weiß, woher, wodurch. Auf einmal war sie da und war nicht wieder fortzubringen. Und wenn unsere Liebe in das Getriebe der Welt nicht paßt, warum ist denn die Welt so? Ja, ist denn die Welt überhaupt? Was wissen wir denn von ihr? Wir haben ja so viel zu thun mit unserer Liebe. Siehe, seit ich dich liebe, da kommts mir oft in den Sinn, als wäre alle Welt nur ein müssiges Gaukelspiel beschäftigungsloser Gedanken, ersonnen, nur um mir die Zeit zu vertreiben, solange ich dich noch nicht hatte, und mit einem Ruck wie flüchtiger Nebelschein versunken und zerstoben, da du kamst, du meine einzige Wirklichkeit!

Georg (mühsam). Hedwig, Hedwig, peinige mich nicht so!

Hedwig. Was heißt es denn, daß wir uns noch um die anderen kümmern sollen und noch Pflichten hätten gegen sie, da sie uns doch so ferne sind, so abseits von unserem Glück und außerhalb seiner Schweite und wir so völlig eine eigene Welt für uns allein? Was sorgt uns, was irgendwo in der Ferne

auf schweifenden Planeten geschieht? Wir wollen uns ganz nur
versenken in die üppige Erde unseres Glücks! Ich will mein
Auge in das deine tauchen und meine Brust an die deine schmiegen
und so wollen wir träumen ohne Ende, klopfendes Herz an klo=
pfendem Herzen, dürstende Lippe an dürstender Lippe und wollen
beide sein ein einziger trunkener Blick, ein einziger schriller Jubel=
triller, ein einziger schwüler Wollusthauch!

Georg (röchelnd). Wankt... stürzt zusammen... keine Rettung!
(Schreiend.) Thu diesen Blick weg! Ich ertrage ihn nicht! Sieh
mich nur nicht an mit diesem brechenden, lechzenden Auge!

Hedwig. Sie mag dir ja recht gut gewesen sein: Liebe hast
du bei ihr nie erfahren. Stürz' doch in meine Arme, sie zu lernen!
Wirf mich dann hinaus, Georg, zertritt mich, sei ganz wieder der
finstere, einsame Held der Idee, nur einmal genieße, genieße,
(sie fährt an ihm mit leidenschaftlicher Geberde empor, als wollte sie ihn vergewaltigen)
genossen will ich sein.

Georg (mit ihr ringend, die Worte zwischen den Zähnen herausknirschend, mit
letztem Kräfteaufgebot). Laß mich los, Hedwig!... Morgen! Morgen!...
Geh jetzt fort ... Laß mich allein ... Aller Vorsatz sinkt ...
(Sie roh schüttelnd.) Hörst du denn nicht, du sollst mich verlassen!

Hedwig. Nur ein einziges Mal, mein Georg, nur ein kurzes
einziges Mal, dann gerne sterben, wenn wir schon nicht leben
dürfen... Alles, alles, wie du willst... Nur ein einziges Mal!...
Georg, wir wollen uns hinüberlieben in den Tod, damit sie keinen
Schmerz von unserem Glück hat und du dich nicht zu fürchten
brauchst vor der Reue... Alles, alles, Georg... Du kannst
mich dann zertrümmern, aber (wie eine Rasende) los laß ich dich nicht.

Georg (in höchster Leidenschaft, mit ihr ringend). Ich zerschmettere dich,
du Elende, wenn du nicht von mir läßt! (Brutal.) Geh doch weg,
was willst du denn von mir? (Vor ihrem flehenden Blick erschaudernd.)

Es ist ja sonst alles, alles aus ... Ich muß es dir ja sonst sagen, (röchelnd) daß, daß ... (indem er sie, von der Leidenschaft wie von einem Schlage überwältigt, an der Kehle packt und, als wollte er sie zerschmettern, auf den Lehnstuhl am Mitteltische links und sich über sie wirft) daß ich dich liebe, du verruchte Teufelin, und daß ich nichts mehr weiß, als daß ich dein Knecht sein will und alles Andere ist mir gleich.

Hedwig (in höchster Liebeslust aufschreiend). Georg, Georg, endlich bist du wahr!

(Sie vergehen in rasenden Küssen. Lange Pause.)

(Georg erhebt sich langsam aus ihrer Umarmung, bleibt einen Augenblick sinnend stehen und sieht wie träumend vor sich hin. Dann geht er mit schwerem Schritt um den Tisch in der Mitte herum der rechten Bücherstelle im Hintergrunde zu, an die er sich müde anlehnt. Hedwig bleibt in den Lehnstuhl gelehnt liegen, ein stilles Lächeln des Glücks auf den bleichen Wangen.)

Georg (langsam, während die Leidenschaft noch in ihm nachzittert). Ge-schehen! Vom Sturm überrannt ... Jetzt Mut, es auch zu Ende zu bringen ... Hedwig! Ich wollte mir meine Liebe aus dem Herzen jäten der Idee zu Gefallen. Ich habe es nicht gekonnt. Nun gehören wir einander für alle Zukunft. Wir verlassen dies Haus noch heute. Wir wandern. Was ich bisher besessen, werfe ich weg. Was ich gewesen, was ich gethan, ich will es alles, alles vergessen, will nur mehr dein sein. (Hedwig lächelt nur glücklich) ... Wir müssen nur noch Abschied nehmen von Anne.

Dritte Scene.

Die Vorigen. Anne aus Hedwigs Zimmer durch die Thüre in der Seitenwand rechts.

Anne (zu Hedwig). Der Koffer steht gepackt. Alles ist bereit.

Hedwig (nach einer Pause, nur um etwas zu sagen). Ja.

Anne (milde und mitleidig). Sie erwarten dich dort je eher, je lieber. Oder du kannst auch noch bei uns verweilen. Aber das

Zögern schwellt den Abschiedsschmerz nur. Du mußt dich jäh
losreißen, sonst thust du uns gar zu weh.

Hedwig (nach einer Weile, da sie ein Wort Georgs erwartet, der hartnäckig
schweigt und nur achtsam jede Bewegung Annes verfolgt). Und Georgs Koffer?

Anne (einen Augenblick überrascht, dann mit einem schnellen Blick der Zustimmung
auf Georg, als verstände sie). Ja, Georgs Koffer wird auch gleich in
Ordnung sein. Ihr habt ganz Recht: Georg muß dich begleiten,
bis du erst wieder heimisch geworden und dich nicht mehr so bange
fühlst in der Fremde.

Hedwig (ruhig, aber zögernd). Anne, wir haben alles noch einmal
besprochen — (Sie stockt.)

Anne. Ja. Ich wußte es, daß ihr euch ganz aussprechen
mußtet, jedes sein Herz ganz entfalten mußte vor dem anderen.
Ich wußte es gleich heute morgen durch deinen wilden Aufschrei
auf meine ruhige Frage. Wir hatten es uns viel zu leicht vorgestellt. Du armes Kind, was magst du leiden! Aber es wird
alles vorübergehen. Es wird alles wieder gut werden. Die Vernunft hat gesiegt.

Hedwig (bestimmt). Nein, Anne, das Herz hat gesiegt.

Georg (noch immer an der Bücherstelle im Hintergrunde, jede Bewegung Annes
achtsam verfolgend, bestätigend). Das Herz hat gesiegt.

Anne (mit einem jähen Aufschrei, wie von wildem Schmerz gepackt, mit einem
raschen Blick auf den Schreibtisch, neben dem sie steht; gegen Georg). Verrathen!
Unseren Geist verraten!

Georg (immer den Blick scharf auf Annes Bewegungen gerichtet). Ich habe
unseren Geist nicht verraten. Ich habe in Schmerzen gerungen,
ihn festzuhalten, aber er ging mir davon. Ich habe ihn zu meiner
Wehre entboten, aber er stahl sich vom Kampfe. Er ward mir
fahnenflüchtig, nicht ich ihm. Und seit er fort ist, kann ich nicht
mehr der Idee angehören, da ich ganz nur Hedwig angehöre. Das
alte Leben ist tot.

Anne (mit einem plötzlichen Ruck aus brütendem Hinstarren auffahrend, zwischen den Zähnen). Ich will es wiedererwecken.

(Sie stürzt auf den Schreibtisch los, reißt den auf diesem liegenden Revolver an sich und drückt ihn auf Hedwig los. Georg, der achtsam allen ihren Bewegungen gefolgt ist, fällt ihr in den Arm, sodaß der Schuß vorbei in die Ecke geht, und entwindet ihr den Revolver. Hedwig ist mit einem Angstschrei vom Sessel aufgefahren.)

Georg (sehr ruhig). Du hättest damit nur zu unserem Geist auch meinen Leib getötet.

Anne (im letzten Aufflackern der Empörung). Ich verfolge euch, wo ihr auch seid, werfe mich unter euch in jeder kosenden Stunde, trete zwischen euch wie ein Rachegespenst!

Georg. Und wenn sich das Sonnensystem zwischen uns drängte, unsere Liebe zerschmetterte es, sich Raum zu schaffen.

Anne (mit einem Blick auf seine Entschlossenheit, fahle Blässe im Antlitz, kurz, rauh). Aus! — Fort!

(Der Vorhang fällt.)

Dritter Akt.

Ein Garten am Ufer des Gardasees. Links eine steile Höhe, hinter welcher die Villa Georgs gedacht ist. In der Mitte dieser Höhe, von Blumenbeeten umrahmt, ein Bassin mit Springbrunnen, gegen den Hintergrund zu eine Laube mit der Aussicht auf den See. Von der Höhe führt den sanften Abhang herab nach der Mitte der Bühne hin ein Kiesweg in Schlangenlinien. Im Hintergrund ein aufgeschütteter Platz mit Tisch und Stühlen, darüber hin die Aussicht auf die ganze Ausdehnung des Sees. Im Vordergrunde rechts in einem Gebüsch von Oleanderbäumen und Cypressen eine Bank.

Erste Scene.

Hedwig allein, auf dem erhöhten Platz im Hintergrund, gegen den See hin nach unten zu sprechend.

Hedwig. Setzen Sie nur alles in Bereitschaft. Ich sage nur noch Georg Adieu. Aber sputen Sie sich. Ich bin gleich zurück und dann muß es losgehen. (Sie schreitet rasch von dem erhöhten Platz herab, in der Mitte der Bühne wendet sie sich noch einmal nach dem See hin um, rufend.) Und vergessen Sie nicht wieder den Wein, Sie Schrecklicher! Lieber noch segeln ohne Wind als ohne Trunk. (Sie schreitet den Kiesweg links empor, nach oben links hin rufend.) Georg! Georg! Siebenschläfer! Hat dich die Sonne noch nicht aus den Federn gejagt? Die Ora schnaubt mit vollem Atem und du kannst schlafen? (Sich auf halber Höhe noch einmal umwendend und zum See niederblickend.) Wie das schäumt und jubelstürmt und sich überschlägt ohne Ende wie

junges Liebesglück! Wie das lacht in glitzernder Wonne, als
freute es sich selber der Freude, die es uns macht! O Gott, wie
schön, wie schön!

Zweite Scene.

Hedwig. Georg oben links auf der Höhe heraustretend. Er
ist stark gealtert. Er schreitet hinab Hedwig entgegen.

Georg (auf Hedwig zuschreitend). Guten Morgen, mein Glück!

Hedwig (in seine Arme fliegend). Gib mir drei Küsse für einen,
mein Schatz! Denn dann ist Fasten bis Mittag. (Sie küßt ihn.)
Wir wollen der Welt wieder einmal zeigen, was segeln heißt. Wir
wollen nach Malcesine hinüber an den Strand, wo der junge
Goethe gelandet, auf die Burg, wo der junge Goethe geträumt.
Ich habe auch meine Mappe mitgenommen und dort, wo er saß
und malte, will auch ich sitzen und malen und vielleicht sperren
sie mich dann auch ein, wie ihn damals. Und du kannst dann
einen Aufsatz schreiben: Goethe und Hedwig in Malcesine, und
du und ich, wir würden alle beide unsterblich. Mein Gott! Er
ist auch unsterblich geworden und war doch nichts als ein junger
Fant, der das Herz voll von Liebe gehabt. Und das Herz voll von
Liebe haben wir auch! (Sie lehnt sich an seine Brust und küßt ihn stürmisch.)
Aber ich darf Lothar nicht länger warten lassen. Adieu, mein
Schatz, guck uns auch recht oft nach und bewundere unsere Kunst,
wie pfeilschnell wir dahinfliegen werden. (Sie nimmt mit einer Um=
armung Abschied von ihm und eilt den Kiesweg wieder herab; in der Mitte der Bühne
sich noch einmal nach ihm umwendend.) Und wenn du recht artig bist und
fleißig an mich denkst, dann fahren wir über Limoni zurück und
bringen dir Orangen mit, daß dir das Herz lacht. (Sie wirft ihm
noch einen Abschiedskuß zu; dann ab nach rechts. Man sieht später in der Ferne im
Hintergrunde ein Segelboot über den See gleiten.)

49

Dritte Scene.

Georg allein. Er sieht Hedwig mit einem langen Blick voll Liebe nach. Dann seufzt er und schreitet langsam den Kiesweg herab. Er wirft einen Blick auf seine Uhr.

Georg. Sie muß gleich kommen (indem er auf den erhöhten Platz im Hintergrunde deutet.) ... Hier sollte ich sie erwarten. (Während er sinnend auf den erhöhten Platz im Hintergrund hinaufsteigt.) Was wird es sein? Was? (Er setzt sich auf einen Stuhl auf dem erhöhten Platz im Hintergrund und sieht auf den See hinaus. Nach einer Pause.) Wie einem das das Herz mit neuer Lebenskraft schwellt, dieser stürmische Wellenreigen! Ach, was wäre die Erde doch schön und nur ein Ausbund von Seligkeit und Lust, gäbs keine Menschen drauf!

Vierte Scene.

Georg in Gedanken versunken auf dem erhöhten Platz im Hintergrund. **Anne** von rechts her auftretend. Sie ist auffallend gealtert. Alle ihre Bewegungen sind mühsam, ihre Stimme klingt matt. Sie ist ganz schwarz gekleidet. Sie schreitet, ohne von Georg bemerkt zu werden, bis in die Mitte der Bühne. Dann bleibt sie stehen und sagt ruhig und leise:

Anne. Georg!

Georg (fährt aus seinen Träumen auf und erblickt sie. Er eilt auf sie zu. Durch ihren Anblick erschüttert). Anne! (Er ist an sie herangetreten, sieht sie lange an und wiederholt dann schmerzvoll) Anne!

Anne. Ja, Georg! Ich bin recht alt und müde geworden. Man leidet auch so viel. (Sie fährt sich mit der Hand über die Stirne.)

Georg (schmerzlich). Was habe ich an dir gethan!

Anne. Nicht du! Dich trifft keine Schuld. Es ist ganz anders. Wir werden darauf schon kommen. Nur eins nach dem andern.

4

Georg. Wir wollen ins Haus gehen. (Er deutet nach links oben.)

Anne (mit einem leisen Beben). Nein, nicht in ihr Haus ... Es wird ja nicht so lange dauern. Wir wollens hier abthun. (Sie setzt sich auf die Bank im Vordergrunde rechts. Georg betrachtet sie lange, schreitet auf und nieder und pflückt eine Blume, mit der er spielt.)

Georg (nach einer Pause, mit verlegenem Zögern). Du hast mir ge= schrieben —

Anne. Ja. Ich habe dich um diese Unterredung gebeten, weil du sie brauchst.

Georg (überrascht). Du weißt?

Anne. Ich weiß, daß du vor Sehnsucht vergehst, dich ein= mal auszusprechen. Ja, siehst du, Georg, da sind wir schon dabei. Du sollst es gleich hören. Wir haben nämlich beide eine viel zu gute Meinung von mir gehabt. Damals, als wir uns trennten, da kam ich mir so recht heroisch vor und dir weit überlegen. Es hat sich aber gar nicht bewährt.

Georg. Du bist immer ungerecht gegen dich gewesen, hast immer nur deine Thaten für dich reden lassen.

Anne. Die Thaten! Ja, an denen fehlte es diesmal gerade. Es klang recht schön, daß wir nur der Idee gehörten und du deine Liebe der Idee opfern mußtest. Du konntest es nicht und ich — ich habe mir auch nur eingebildet, es zu können, und es war nichts weiter als Prahlerei.

Georg. Ich verstehe dich nicht.

Anne. Ich habe mich lange genug selbst nicht verstanden. Ich wußte es mir nicht zu erklären, was das mit mir war, als du fortwarst. Dann wards freilich klar: es war alles Schwindel und Selbsttäuschung gewesen.

Georg. Ich habe mich selbst oft genug angeklagt.

Anne. Ich rede nicht von dir. Du bist immer wahr

gewesen. Erst als du nur die Idee im Herzen trugst, ganz nur ihr Werkzeug; dann, als die Liebe zu ihr über dich kam, ganz nur Gebot dieser Liebe. Ich war Lüge, immer, vorher wie nach= her. Denn ich will es dir nur sagen, was ich für eine schreck= liche Entdeckung gemacht habe und wodurch ich so herabgekommen bin. (Tief Atem holend). Mir ist die Idee ganz gleichgiltig gewesen und während ich ihr in hingebender Liebe zu dienen schien, warst du es ganz allein, auf den es mir ankam. So! Da hast dus.

Georg. Dein ganzes Leben widerlegt deine Worte.

Anne. Du kennst nur seine eine Seite. Oh die andere!... Sind wir schwach, sind wir schlecht, sind wir verlogen gegen uns selbst!... Als du fort gingst, als du und die Idee aufhörtet, ein' und dasselbe zu sein, da warbs klar: aus war es mit aller Begeisterung für die Idee. Ich habe natürlich unsere An= schauungen nicht aufgegeben — wie hätte ich das gekonnt? Aber der glühende Trieb, ihnen durch die That gerecht zu werden, war weg. Diese zitternde Begierde, jeden Augenblick im Dienste unserer Bewegung zu verzehren, war erloschen. Ich wünschte ihr ja alles Gute, aber ich rührte keinen Finger mehr für sie. Ich konnte es einfach nicht mehr. Ich war wie gelähmt, gebrochen an allen Giedern, vom Schlage getroffen durch deinen Abschied.

Georg. Entsetzlich!

Anne. Ja, es war entsetzlich. Ich glaubte oft, meine eigene Gegenwart nicht länger ertragen zu können. So verachtete ich mich. Ich war ja gar nichts mehr. So lange ich Gelegenheit gehabt hatte, deine Geliebte zu sein, da hielt ich große Reden über die Thorheit der Liebe und wie das einzige nur die Hingabe an die Idee sei. Und als ich dann die schönste Zeit gehabt hätte, diese Hingabe zu beweisen, da merkte ich auf einmal, daß es mir doch lieber wäre, deine Geliebte zu sein und weiter nichts.

Georg. O, Anne, wie weh muß ich dir gethan haben! Kannst du mir vergeben?

Anne (fast rauh, abwehrend). Bitte, erspare mir wenigstens dein Mitleid. Die Stärke habe ich gerade noch, meine Schwäche allein zu tragen. Ich erzähle dir das auch nur so als Einleitung. Damit du besser verstehst, wie ich zu der komischen Schrulle gekommen, die mich heute zu dir führt, und damit du diese Schrulle zu entschuldigen weißt. Wies mit dem Ernst des Lebens und mit der That doch einmal aus war für mich, verlegte ich mich nämlich, weil der Mensch doch irgend etwas zu thun haben muß, auf allerhand Marotten. Eine solche Marotte war es auch, den Schutzengel eures Glückes zu spielen.

Georg (bewegt ihre Hand ergreifend). Wie unendlich gut du bist —

Anne (ihm ihre Hand entziehend). Ja, das sind alle alten Weiber so, die einen gegen die Hunde, die anderen gegen die Katzen, ich hatte es just auf euch abgesehen. (Sie fährt sich mit der Hand über die Stirne, wie um etwas davon zu verscheuchen. Dann steht sie auf und schreitet einige Male stumm auf und ab. Dann wieder vorkommend.)

Anne. Ums kurz zu machen — es ist ja ganz gleichgiltig, wie es kam, es kam eben einmal — ich verrannte mich eben einmal in den Gedanken, alles aus dem Wege zu räumen, was eurem Glücke Gefahr bringen konnte, und so ein wenig Vorsehung an euch zu spielen. Es wird dich sehr wenig interessieren, was ich alles Mögliche gethan, um unausgesetzt Kunde über euch zu erhalten und heimlich für euch sorgen zu können. Und wenn es dich auch interessierte, mir wäre es doch zu langweilig, es zu erzählen, und das Geheimnis ist ja auch der eigentliche Reiz der Geschichte für mich. Im Anfang ging alles vortrefflich. Ihr hattet euer Glück und ich hatte die Gewißheit eures Glücks. Vor drei, vier Wochen schlug das um. Du wurdest schwermütig. Ich

erfuhr es und erfuhr untrügliche Beweise, daß es mit deinem
Glück vorbei. Aber die Ursache konnte ich nicht erfahren und
ohne die kann ich nicht helfen. Und darum habe ich dir diesen
Brief geschrieben und dich um diese Zusammenkunft gebeten und
darum bin ich jetzt hier und frage: Was ist geschehen? (Sie setzt
sich wieder auf die Bank vorne rechts.)

Georg. Was geschehen ist? (Er geht einige Male heftig bewegt im
Garten auf und ab. Dann bleibt er vor der Bank stehen, auf der Anne sitzt.) Ich will
es dir mit einem Satze sagen: Daran haben wir uns längst ge-
wöhnt, daß uns die Verhältnisse unglücklich machen; aber daß
sie uns auch noch schlecht machen, das wird einem endlich zu viel.

Anne. Bist du schlecht gewesen, armer Georg?

Georg. Ja, ich bin schlecht gewesen. Ich kann es nicht anders
nennen. Denn gerade die, die nur den einen Wunsch kennt, mir
gutes zu thun, habe ich in eine Lage gebracht, in der sie elend
wird. Und dabei habe ich ihr immer nur das Beste gewollt:
das frißt mein Glück auf.

Anne. Ja, das ist immer so.

Georg. Wenn man einen opferte, um den anderen besto
reichlicher zu beglücken, das ließe sich hören. Aber man opfert
alle und keins hat was davon. Ich habe dich geopfert. Ich bin
daran, sie zu opfern. Und dabei werde ich selber geopfert.

Anne. Es ist immer so.

Georg. Das ist es ja, was mich verzehrt. Wenn ich zurück-
denke ... noch einmal genau die nämliche Lage und dazu allen
Zuwachs aller nachträglichen Erfahrung ... Ja, was thun? Hätte
es mich damals nicht überrannt, hätte mein Vorsatz bestanden,
hätte ich sie unbarmherzig von uns gestoßen ... sie wäre dem
Elend verfallen und dieses Elend hätte sich zwischen uns gedrängt

wie ein Gespenst und hätte uns zum Wahnsinn gebracht. Wenn ich damals nicht gefolgt wäre meiner Liebe zu ihr, meinem Hasse gegen dich wäre ich nachher sicher gefolgt. Und zuletzt wäre ich zwischen den beiden Wesen gestanden, die mir die liebsten gewesen auf der Erde, und beide wären vernichtet gewesen durch mich und ich hätte sie beide begraben können. Da opferte ich dich, weil ich glaubte, dich würde es nicht so hart anfassen, und uns beide, sie und mich, würde es doch glücklich machen. Es hat dich viel härter angefaßt und zu Boden geworfen. Aber tröste dich: mit unserem Glücke wird es auch gleich wieder aus sein. O, über jenen Tag, da sie in unser Haus gekommen!

Anne. Sage das nicht, Georg.

Georg. Der Zufall war zu folgenschwer.

Anne. Täusche dich doch nicht so, als hätte alles an diesem Zufall gehangen, daß sie gerade ins Haus kam, und wäre nicht ohne ihn. Ich habe darüber viel nachgedacht, ich hatte ja Muße genug dazu. Es mußte kommen, Georg, mußte, früher oder später, aber unvermeidlich. Es lag in den Verhältnissen, nicht an den Personen. Die Liebessehnsucht in deinem Herzen war einmal da und sie war die Ursache, die alles angestiftet; nicht jenes Mädchen, an das sie sich zunächst hing. Hätte ich sie damals niedergeschossen, hundertmal wäre sie wiedererstanden, jedesmal in anderer Gestalt. Wäre sie nicht von der Straße gekommen, du wärst nach der Straße gelaufen und dem ersten frischen und lustigen Mädel wärest du um den Hals gefallen, dem nächstbesten frohgemuten und lebensfreudigen Ding mit roten Lippen und lachenden Augen, und hättest nicht mehr davon gelassen. Man kann nichts dagegen. Ich habs an mir selbst erfahren. Wir hatten uns zu sehr überhoben. Es konnte nicht ausbleiben, daß wir zu Fall kamen.

Georg (dumpf). Es war alles nur Schöngeschwätz, das mit den neuen Menschen.

Anne. Es war ein schöner Traum, aber er zerstob. Es ist nichts mit den neuen Menschen in den alten Verhältnissen. Wir stecken zu tief drin. Wir können nie ganz heraus. Und je stolzer wir uns eine Weile erheben, desto härter ist dann der Fall.

Georg. Alles, alles verfehlt.

Anne. Da ist die Ordnung, in der wir geboren sind. Wir schlüpfen durch das umschließende Gitter hinaus und bellen von draußen auf sie los. Aber wie unser Zorn losbricht und wir mit einem Sprung über sie herfallen wollen, wie wir uns zum Angriff umdrehen, da merken wir erst am Halse die Kette, die uns an ihr festhält. Und winselnd kriechen wir beschämt wieder zurück. Es ist nichts mit den Bürgern in der großen Freiheits= bewegung unserer Tage: sie werden immer zu Verrätern, so ehr= lich sie es auch meinen mögen.

Georg (traurig mit dem Kopfe nickend, dumpf). Wir werden nie neue Menschen.

Anne. Wir werden es nur mit dem Kopfe, nie mit dem Herzen. Und siehe, mit dem Kopf ists nichts. Es ist kein Ver= laß auf diese gepriesene Vernunft, mit der wir uns so viel wußten. Im Gefühl muß mans haben. Und im Gefühl haben wir immer nur die tausendjährigen Vorurteile der Ahnen.

Georg. Es war ein so bestrickender Gedanke, in den alten Verhältnissen neue Menschen heranzubilden und aus diesen dann neue Verhältnisse zu gestalten.

Anne. Es geht aber nicht. Erst aus den neuen Verhält= nissen werden die neuen Menschen entstehen.

Georg. Und wir? Was thun?

Anne. Untergehen.

Georg. Untergehen.

Anne. Ja, untergehen. Alle Ordnung niederreißen, uns unter ihren Trümmern begraben. Das Bestehende ehern um= klammern und mit ihm in den Abgrund springen. Alles andere ist Täuschung. Wir können keine neuen Menschen werden und keine neue Welt stiften. Wir können nur die alte zerstören und Raum schaffen für die neue.

Georg. Untergehen.

Anne. Untergehen, indem jeder ein Stück von dem Alten mit sich reißt. Denn untergehen müssen wir so wie so. Es fragt sich nur, ob unnütz, indem wir uns so privatim in Schmerz und Kummer verzehren, oder zum Heile der Menschheit, indem wir verderbend verderben. Alles das Gerede ist gar nichts.

Georg. Wenn wir noch einmal von Anfang anfangen könn= ten —

Anne. Wenn wir noch einmal von Anfang anfangen könnten, da ließen wir das Aufklären und Agitieren schön sein, kauften uns eine Büchse, schössen den Kaiser von Rußland zusammen und ließen uns dann fidel aufhängen. Das hätte doch wenigstens einen Sinn. Das wäre doch wenigstens etwas gethan, während wir so nur herumredeten, bis wir untergegangen sind ohne irgend einen Vorteil der Menschheit. Denn für die Menschheit sind wir doch tot, wir beide.

Georg (nach einer Pause). Warum thust du denn aber nicht nach deinen Worten?

Anne. Weil ich feige bin, jämmerlich feige, immer feige gewesen bin mein ganzes Leben lang, sodaß heute ein mutiger Entschluß in mir gar nicht mehr aufkommt! O wie feige! Es ist nur gut, daß die anderen ebenso sind.

Georg. Und doch war dein Kampf der mutigste der Welt.

Anne. Kampf nennst du das, Kampf für die Freiheit! Ich muß lachen in der Erinnerung an den Stolz, den wir dabei hatten. Am Schreibtisch Trutzlieder gefeilt, Leitartikel gedrechselt, Broschüren zusammengekleistert, wohlgesetzte Streitreden gegen die Minister eingepaukt und am Wahltage den Gegner desjenigen gewählt, der der Regierung genehm gewesen wäre — und das ganze heißt dann Kampf. Wie heldisch! Niemals das Unrecht wahrhaft zu hindern auch nur versucht, immer nur der lendenlahme Protest: es wäre doch eigentlich besser, wenn das Recht Recht wäre und nicht das Unrecht. Ja, glaubst du, das Unrecht hat sich jemals um den vielberühmten legalen Widerspruch gekümmert?

Georg. Wir können aber nichts anderes thun.

Anne. Wir können sehr wohl was anderes thun. Wir können jeden Kerl von der Polizei totschlagen, so oft wir einem begegnen, jedem Pfaffen die Maske vom Gesicht reißen, wo er auch heuchle, jeden Wucherer an die nächste Laterne knüpfen, und so weiter. Was liegt denn daran, wenn wir ins Zuchthaus kommen? Wir kommen doch wieder heraus und fangen von vorne an. Und wenn sie uns zuletzt köpfen, was thuts? Unser Bei= spiel wird tausend Nacheiferer erwecken und der Kampf wird immer wütiger entbrennen. Und das ganze alte Geschlecht, Mann für Mann, Weib für Weib, wird aufgezehrt werden in diesem ruchlosen Kriege, bis keine Spur mehr von ihm übrig ist als in dem verwünschenden Gedächtnis der Nachkommen. In= zwischen aber wird ein neues Geschlecht herangewachsen sein, nicht müde, abgearbeitet und zerquält wie das unsere, sondern frisch und fröhlich und nur seinem augenblicklichen Wunsche er= geben, nicht durch das Truggold der Vernunft geblendet, sondern auf den wahren Schatz der Menschheit bedacht; auf den sicheren, unfehlbaren Drang des Herzens. Und mit einem einzigen glück=

lichen Griffe wird dies neue Geschlecht die neue Welt aufbauen, die auch nur zu ahnen allen den Kautschuckkünsten unserer überdressirten Logik niemals gelingt. Aber wie gesagt, wir sind zu feige, viel zu feige. Ich selber am allermeisten. Und darum lasse ich meine Pflicht links liegen und kümmere mich lieber um eure Sorgen, die mich doch gar nichts angehen, als wäre ich eine Märchentante und nicht eine vernünftige Person.

Georg (nach einer kurzen Pause, während welcher er nachdenklich auf= und ab= geschritten). Merkwürdig, wie du gegen die Feigheit schiltst, und bist doch selber zu feige, dir die wahre Ursache dieser Sorge für uns zu gestehen. Bist doch selber zu feige, offen zu gestehen, daß es dir ergangen wie mir und dir aller andere Wunsch zu= sammengebrochen vor dem einen überwältigenden Drang der Seele, nicht nur immer zu kämpfen für die Zukunft, sondern in der Gegenwart irgend einen zu haben, dem man gutes thue aus allen Kräften.

Anne (kurz, achselzuckend). Auch möglich. Ich bin ja so weit, daß ich überhaupt gar nichts mehr weiß. Man belügt sich ja immer und bis man darauf kommt, schwinden Jahrzehnte. Und woher weiß ich denn, daß gerade das wahr ist, was ich heute dafür halte, und nicht sein Gegenteil, das ich früher dafür hielt? Und morgen habe ich vielleicht wieder ganz was neues. Alles ist wahr und alles hört einmal auf, wahr zu sein. Ich gabs auf: ich kenne mich nicht mehr aus.

Georg. Ja, das größte, das wir zu denken vermögen, ver= geht. Aber das kleinste, das wir irgendwem an gutem thun, das bleibt.

Anne. Glaubst du?

Georg. Es ist das einzige, das mir das Leben noch erträg= lich macht. Hättest dus, wie ich, erfahren! Damals, als ich von

dir ging, als ich alles im Stich ließ, als ich mein ganzes bis=
heriges Leben abschloß mit einem Schlage, wie höhnten da nicht
die Feinde, wie tobten da nicht die Freunde in entfesselter Wut.
Bis an den Hals watete ich im Koth ihrer Beschimpfungen und
von allen Seiten gellte es mir entgegen, ein tausendzüngiges,
rastloses Echo: Verräter, Verräter! Und wie donnerte dazu das
grollende Gewissen in meiner Brust, wie krümmte ich mich ächzend
unter seinen hagelbichten Schlägen! Aber wenn mein Blick dann
auf ihren stillen Frieden fiel, wie sie so träumte an meinem
Busen, ein Lächeln der Glückseligkeit um die Lippen, Anne, dann
war alles weg und ich sah und wußte nichts mehr, als daß sie
glücklich war, und ich bebte vor wollüstiger Wonne, daß sie mir
dies Glück verdankte. Glaub mir, Anne, es gibt nur eines, das
wirklich ist auf der Welt und das besteht: anderen gutes zu thun.

Anne. Dann hättest du ja die soziale Frage glücklich gelöst.

Georg. Ich habe sie damit nur erst richtig formulirt. Denn
nichts anderes fragt die soziale Frage als: wie schafft man der
Menschheit die Möglichkeit, daß jeder einem jeden anderen gutes
zu thun im Stande sei. Und nichts anderes bereitet den großen
Schmerz, in dem unsere Zeit sich windet, als die in den sozialen
Zuständen begründete Unmöglichkeit, gutes zu thun.

Anne (sieht ihm eine Zeit lang tief ins Auge, dann). Du hast auch das
an dir selbst erfahren. Erzähle es mir. Darum zumeist bin ich
ja da.

Georg. Ich habe auch das an mir selbst erfahren. (Sich
schüttelnd.) O, daß man noch leben kann, nachdem man solches
erlebt! Wie habe ich gerungen nach jener Möglichkeit, ihr Gutes
zu thun und Böses abzuwehren, und nun ist alles, alles vergeb=
lich! Wie habe ich mir das Gehirn zermartert, die Gefahr ab=
zuwenden! Nur ihrem Glücke sollte mein ganzes Leben hinfort

geweiht sein und nicht einmal dazu reichte meine ohnmächtige
Kraft. Nur ihre Wohlfahrt wollte ich ausdenken und nicht ein=
mal das vermochte diese schellenlaute Vernunft!... Oh, Oh,
Anne, glaubst du denn, daß die Thiere auch so elend sind
wie wir?

Anne. Wir sind doch auch die Krone der Schöpfung! Einen
Vorzug müssen wir da doch haben vor den übrigen.

Georg. Ich wußte es ja, daß das Unglück immer nur auf
die erste Unbedachtsamkeit lauert, um über uns herzufallen. Aber
wie raffiniert sah ich alles vor, wie ängstlich wachte ich, wie be=
hutsam deckte ich jede Blöße! Alles umsonst ... Einmal, in tief=
einsamer Nacht, da jedes dem anderen sein Geheimstes offenbarte
und seine Seele rückhaltlos erschloß bis in die letzte Falte, da
mußte sies mir zuschwören, daß sie ganz rücksichtslos sein wollte
gegen mich und alle Welt und nur ausschließlich bedacht auf ihr
Glück, damit wir doch wenigstens dieses eine vollbrächten. Was
sie wollte, was sie irgend verlangte, ohne Scheu sollte sie es mir
immer sagen und ohne Murren wollte ich alles erfüllen. Und
wenn sie ihre Liebe schwinden sähe oder ihr Herz einem anderen
zuflöge, gleich sollte sie mir auch dieses gestehen und nicht einen
Augenblick länger noch an meiner Seite sich quälen. Nicht den
leisesten Wunsch sollte sie jemals unterdrücken: alles wollte ich
ihr gewähren. Ja, Anne, ich habe ihr alles gesagt, was kommen
könnte, um die Gefahr zu vermeiden, und selbst das Schwerste
habe ich ihr nicht verschwiegen: wenn sie mich noch liebte, aber
einmal eine Laune hätte nach einem anderen, auch dieser Laune
sollte sie sich nur unbekümmert hingeben, damit auch nicht eine
flüchtige Entbehrung ihre Lebensfreude trübe ... So habe ich
alles, alles gethan und, siehst du, alles, alles war vergeblich!

Anne. Wie ist es gekommen?

Georg. Es sind zwei Monate her, daß ich eines Tages, schadhaft gewordenes wieder auszubessern, nach Riva hinüber um einen Schlosser schickte. Man sandte uns einen jungen Gesellen, arbeitsgewandt, flink, aufgeweckt, der sich überdies als Landsmann und Parteigenosse auswies. Wir fanden an ihm herzlichen Ge= fallen und baten um die Wiederholung seines Besuchs. Er folgte unserer Einladung und so ist er in kurzem uns ein lieber täglicher Gefährte geworden . . . (Er schweigt).

Anne (nach einer Pause). Und?

Georg. Ja, geschehen ist sonst vorderhand nichts. Aber jeden Augenblick kann es losbrechen (mit einer Handbewegung nach dem See): eben jetzt ist es vielleicht schon losgebrochen. O diese verzehrende, tödliche Angst! . . . Wir sind immer bessere Freunde geworden: denn er ist ein Junge, dem man gut sein muß. So lebensfrisch, so ohne Falsch und ohne Arg, nicht mühsam wie wir, sondern immer mit einem Schlage des Rechten sicher. Er kommt jetzt jeden Abend herüber und wir sitzen da beisammen und brechen mancher Flasche den Hals. Sonntags oder wenn er sonst frei ist, fahren sie auf den See hinaus, ihre Meisterschaft in der Segelkunst zu erproben. Und im übrigen treiben sie beide mit mir einen Kultus, als ob ich ein Heiliger wäre, und überbieten sich wetteifernd an Güte gegen mich. Und siehst du, es ist immer das Gute, von dem das Böse kommt: gerade dieses, gerade diese eifersüchtige Begierde eines jeden, mir Liebes zu erweisen, war es, die sie zuerst einander näher brachte. Und sie sind ja wie für einander geschaffen! Das gleiche überschwängliche Herz, den gleichen thatfreudigen Lebensmut, die gleiche Sicherheit des Gefühls und die gleiche rührende Unbeholfenheit in allen Dingen der täglichen Erfahrung. Sie müssen einander lieben, wie man sich selbst liebt, weil man muß, und sie lieben einander bereits.

Anne. Armer Georg!

Georg. Sie sind sich dessen nur noch nicht bewußt. Aber jede Stunde kann auch ihnen offenbaren, was nur ihnen noch ein Geheimnis. Irgend ein Zufall, eine Gefahr, in die eins von ihnen gerät, eine ungewöhnliche Erregung feis durch ein besonderes Naturereignis, seis durch eine unerwartete Freude, durch tausend= fache unbeherrschbare Kleinigkeiten — alles kann die Entdeckung bringen. Und nichts kann die Entdeckung vermeiden. Ich habe dem nachgegrübelt in den letzten Wochen mit verbissenem Eifer und leidenschaftlicher Beharrlichkeit, daß ich manchmal dachte, ich würde wahnsinnig davon … Kein Mittel! Keines … Ich dachte an Trennung, behutsame, schonende Trennung —

Anne (den Kopf schüttelnd). Das haben wir ja damals an uns erlebt.

Georg. Ja, und genau das nämliche würde sich wieder= holen. Mit der Trennung wäre auch schon die Entdeckung da und das Übel, das wir abwenden wollen, käme nur desto rascher. Ich weiß keine Hilfe.

Anne (traurig). Es wird wohl keine geben. Du wirst dich eben darein finden müssen. Du wirst entsagen müssen.

Georg. Ach, daß es so einfach wäre und nur meiner Ent= sagung bedürfte! Wie ich dann jubelte und frohlockte! Wenn sie den Mut besäßen, mit ihrer Liebe vor mich zu treten: wir lieben uns, leb wohl — ja, wenn sie auch nur den Mut besäßen, mich zu betrügen! Ich will ja nur ihr Glück! Aber nein. Eines Tages werden sie ihre Liebe entdecken und sie werden sich darüber ertappen wie über einem Verbrechen gegen mich. Unter heißen Thränen werden sie sich sagen, daß sie sich niemals sagen dürfen, wie sie sich lieben, und niemals auch nur daran denken. Unter heißen Thränen werden sie sich schwören, daß sie sich ewig

gut sein wollen, aber nur als Bruder und Schwester. Und unter
heißen Thränen werden sie so vor lauter Großmut und Edelgüte
alle beide namenlos elend werden über alle Maßen, blos weil sie
brav sind, und ich werde nichts dagegen thun können, gar nichts.
Und ich allein bin schuld an alledem! O daß ich doch einmal
roh zu ihr gewesen wäre und launisch und achtlos! Denn siehst
du, gerade wodurch ich alles gut zu machen glaubte, gerade durch
diese unendliche Fülle schmeichelnder Liebesdienste, mit der ich sie
umgab, habe ich alles verpfuscht. Durch sie habe ich mich in
ihrem Herzen so festgesetzt, daß sie nicht anders kann, als mir alles
opfern, selbst das Glück ihres Lebens, weil sie ja sonst die Scham
ihres Undankes erdrückte. So habe ich, je besser ich zu ihr war,
nur desto schlechter an ihr gehandelt und, indem ich ihr Glück zu
erbauen suchte, es nur verbaut mit Elend.

Anne (erregt auf- und abgehend, als wollte sie einen Gedanken abwehren, heftig).
Gibs auf! Sie ist auch nur ein Mensch! Muß auch leiden.

Georg. Nirgends, nirgends ein Ausweg! Alle Pfade nur
zum Verderben! Trenne ich sie, siecht sie dahin in qualvoller
Sehnsucht. Lasse ich alles ruhig seinen Lauf nehmen, hindert sie
ihre Treue und Güte an ihrem Glück. Spreche ich offen zu ihnen
mit der Bitte, von mir zu scheiden und sich zu vereinigen, legen
sie das erst recht als weiß Gott welche Opfergüte und Herzens=
größe aus und ergeben sich ganz nur dem Verlangen der Rührung,
meine Selbstüberwindung durch eine noch größere ihrerseits zu
übertreffen.

Anne (ihm ins Wort fallend, heftig und rasch). Es geht nie, und wie
dus immer versuchst. Das Menschliche an ihr fordert sein Recht.
Sie muß auch ihr Teil kriegen an dem großen Jammer der
Menschheit.

Georg (vor sich hin). Ich habe auch an Selbstmord gedacht . . .

Anne (in wachsender Angst). Sie würdens merken! Rede dir m
das aus — es wäre von allem nur das Fürchterlichste für si
Es trennte sie für immer. Sie müßtens merken, warum (
geschehen.

Georg. Sie würdens merken . . . und es wäre wieder nicht
Der ihres Glückes wegen Verstorbene bedeutete ihrem Glück e:
recht ewigen Tod. (In höchstem Schmerz.) Aber, Anne, ich ertrage i
ja nicht, sie im Unglück zu sehen.

Anne (zusprechend). Du wirst es überwinden. Du greifst wiede
zu deiner Arbeit zurück. Sieh, es gibt ja so viele, denen geholfe
werden kann in ihrem Leid — hilf diesen.

Georg (traurig den Kopf schüttelnd). Nein, Anne, das ist alles tot
für mich. Ich habe nur mehr ein Lebenswerk: ihr Glück. Un
wenn mir auch das mißlingt, dann ist mein ganzes Leben eite
gewesen und nichtig und unsäglich verfehlt.

(Lange Pause. Georg hat sich auf der Bank vorne rechts niedergelassen und star:
in tiefer Schwermut vor sich hin. Anne schreitet in heftigem Kampf mit sich selbst ar:
und nieder, dann, wie um sich zu kühlen, auf den erhöhten Platz im Hintergrund un
blickt lange auf den See hinaus. Wie endlich zu einem festen Entschluß gekommen, wende
sie sich dann mit einem plötzlichen Ruck Georg wieder zu und sagt, sehr bleich, mit ton
loser Stimme:)

Anne. Da draußen ringen sie mit der Flut in kühnem Segel
stolz. Den Erwartenden faßt Sehnsucht. Auf eilfertigem Kie
setzt er ihnen nach. Da überrennt ein mächtiger Wogenstoß de:
Ungeübten: das Boot schlägt um. Es ist ein böser Zufall ge
wesen wie so oft. Ich werde es bezeugen. (Sie schreitet, wie von einer
leisen Fieberschauer geschüttelt, von dem erhöhten Platz herab.)

Georg (wie von einer plötzlichen Erleuchtung ergriffen, mit einem Freudenschre:
höchster Dankbarkeit ihre Hand fassend). Anne, mein bester, wahrster Freund

Anne (mit zuckenden Lippen, ihn abwehrend). Genug! Genug! Ich kann nicht mehr! . . . (Mit letztem Kräfteaufgebot sich zur Ruhe zwingend.) Leb wohl!

Georg (mit zärtlicher Dankbarkeit). Leb wohl!

(Anne rechts ab.)

Fünfte Scene.

Georg allein. Er sieht Anne lange bewegt nach. Dann schreitet er zu dem erhöhten Platz empor und spricht leise vor sich mit einem Blick auf den See hinaus:)

Georg. Es wird ein böser Zufall gewesen sein, wie so oft.

(Der Vorhang fällt langsam.)

Ende.